明治東京恋伽
紅月夜の婚約者

著／魚住ユキコ
監修・原案／ドワンゴ

17483
角川ビーンズ文庫

目次

明治東京恋伽
Characters
登場人物紹介
川上《かわかみ》音二郎《おとじろう》
ほれぼれする容姿で見る者の目を
引く役者。ワケありの副業を持つ。
綾月《あやづき》芽衣《めい》
ちょっと食いしん坊な、
ごく普通の女子高生。
森《もり》鴎外《おうがい》
陸軍軍医、官僚にして、偉大な小説家。
大人の色気溢れるスーパーエリート。

藤田《ふじた》五郎《ごろう》
元新選組隊士。一匹狼な警察官。
チャーリー
すべてが謎に包まれた奇術師。
菱田《ひしだ》春草《しゅんそう》
才能豊かな美術学生。鴎外邸に居候中。

本文イラスト／かる

序章

——起きてよ、芽衣《めい》ちゃん。

頭の中で誰《だれ》かの声がした。

聞き覚えがある気もするが、はっきりとはわからない。そのくせ、ひどく懐《なつ》かしいのが腑《ふ》に落ちなくてつい、眉間《みけん》の皺《しわ》が険しくなる。思い出せないもどかしさに寝返《ねがえ》りを打つ。

——芽衣ちゃん、そろそろ起きなくちゃ。

とは言われても、そう簡単にはいかない。だって目覚まし時計のアラームはまだ鳴っていないのだ。あのけたたましくも忌々《いまいま》しい音が朝を知らせるまでは、一秒たりとて早く起きてやりたくはないと芽衣は思う。

「おや、よく眠《ねむ》っているじゃないか。無防備な小娘《こむすめ》だねェ。ふふ、喰《く》ってやろうか」

今度は耳元で、別の誰かの声がした。やけに艶《つや》っぽい女性の声だ。

（喰う？）

夢にしてはやたらと臨場感のある響《ひび》き。けれどもその内容は穏《おだ》やかではなく、ふわふわとした心地《ここち》のいいまどろみが引き潮のように遠ざかっていく。

「ねェ、あんたの得意なまじないをかけておくれよ。人間の肉なんざ百年ぶりなんだ。腹でも壊《こわ》したらコトだからね」

「そっとしといておやり。だいたいあんた、丙午《ひのえうま》生まれの若い男が専門だったろ？」

かたわらに複数の人の気配を感じた。一体なんの話をしているのだろう？

でもいまは、まぶたを開けることすら億劫《おっくう》だ。会話の内容は気になるものの、まぶたの重みが目覚めを拒否《きょひ》する。あと少し、まどろみの浅瀬《あさせ》で揺蕩《たゆた》っていたいと思う。

「それにほら、よく見てごらんよ。この子は……」

耳元でそよぐ、甘ったるい吐息《といき》と囁《ささや》き。

冷たい、冷たい指先が、すっと——首筋を撫《な》でた。

第一章　鹿鳴館奇譚《ろくめいかんきたん》

「……わああぁっ！」

氷のような感触《かんしょく》に、眠気《ねむけ》が吹《ふ》き飛んだ。

綾月《あやづき》芽衣は声をあげながら飛び起きる。と同時に、反射的にサイドテーブルへと手を伸《の》ばしていた。そこが目覚まし時計の定位置だからだ。

しかし芽衣の右手は、むなしくも宙を切る。

なんの手応《てごた》えもないことを不思議に思いながら、芽衣はごしごしと目をこすった。

（いま、何時？）

あとどれくらい眠れる余地があるのだろう。部屋の中が薄暗《うすぐら》いということは、まだ夜明け前なのだろうけど――。

ふいに寒気がして、芽衣は自らの身体《からだ》を抱《だ》きしめた。

寒いのもそのはずで、さっきからびゅうびゅうと風が吹き抜《ぬ》けていく。もはや隙間《すきま》風などというレベルではない。室内にいるというよりは、まるで野宿しているかのような風通しのよさで。

「あ……れ……？」

土埃《つちぼこり》を孕《はら》んだ風が、か細いつぶやきをさらう。

ぺらりとめくれる制服のスカートを手で押さえながら、芽衣は改めて周囲を見回した。

ぼんやりと視界に映るのは、薄闇《うすやみ》の降りる空と風に揺《ゆ》れる木々。遠くに光る街灯がかろうじてベンチと東屋《あずまや》を照らし、ここが公園らしき場所であるということを示している。

きちんと整備された広場と石畳《いしだたみ》の小径《こみち》。かなり規模の大きな公園のようだが、そのわりには街灯の数が少なくて心許《こころもと》ない印象だ。どこからともなく聞こえる犬の遠吠《とおぼ》えが、ただでさえうら寂《さび》しい雰囲気《ふんいき》と相まって余計に薄気味悪《うすきみわる》さを演出する。

（ここ、どこ？）

まったく見覚えのない景色を前に、思考が混乱をきたす。

そもそもなぜ、野外にいるのか。てっきり自分の部屋の暖かいベッドで目覚めたものとばかり思っていた。なのにいまの自分ときたら、パジャマではなく制服のまま、固いベンチをベッド代わりにして夜風に吹きさらされている。

いや、この脈絡《みゃくらく》のなさはきっと夢に違《ちが》いないと、芽衣は開き直りにも似た気持ちで立ち上がった。

（赤い……）

かすかに震《ふる》える手をぎゅっと握《にぎ》りしめ、仰《あお》ぎ見る群青《ぐんじょう》の夜空には赤い月。妖《あや》しい輝《かがや》きを受けた錆色《さびいろ》の雲が、ゆるりとどこかに流れていく。その行方《ゆくえ》をぼんやりと見ていたら、一度はなりを潜《ひそ》めた不安が急に鎌首《かまくび》をもたげてきた。

「……帰らなきゃ」

自分に言い聞かせるように芽衣はつぶやく。とにかく、ここではないどこかに行きたかった。できれば今すぐに馴染《なじ》みのある場所に駆《か》けつけ、見慣れた景色を見て安心したい。夢なら夢で一刻も早く目覚めて、現実の生活に復帰したい。

「ああ、よかった！　こんなところにいた！」

するとその時、不穏《ふおん》な空気に不釣《つ》り合いな声が辺りに響いた。

芽衣がびくりとして振《ふ》り返ると、シルクハットに燕尾《えんび》服《ふく》姿の怪《あや》しげな男がこちらへと近づいてくる。目が合うと、男は片眼鏡《かためがね》の奥の瞳《ひとみ》を細めた。

（あれ？　この人、確か……）

どこかで見覚えがあるのだが、すぐには思い出せなかった。こんなに派手な身なりをしている人物をそう簡単に忘れるわけもないと思うのだが。

「やあやあ、無事だったようだね。お嬢《じょう》さん」

「あの、私」

「うん、大丈夫《だいじょうぶ》。どうか警戒《けいかい》しないでほしい。僕はね、決して怪しい者じゃないんだ」

まだなにも聞いてはいないのに、男は勝手にぺらぺらと喋《しゃべ》りだした。

「君が驚《おどろ》くのも無理はないよ。ははっ、かくいう僕も驚いてる。稀代《きたい》の西洋奇術《きじゅつ》博士を名乗りはしているけど、まさかまた人間を消してしまうとは思わなかったんだ」

はあ、と芽衣に相づちを打たせる隙《すき》も与《あた》えず彼は続ける。

「ああ、消したって表現は語弊《ごへい》があるよね。なにも本当にこの世から君を消してしまったわけじゃないから、こういう場合は『飛ばした』って言った方が正しいかもしれない。まあなんにせよ、こうして同じ時代で再会できたのは不幸中の幸いと言うべきだ。君もそう思うだろう?」

「は?」

言っている意味が理解できずにいると、

「つまり！　君と僕との出会いは運命のマジックなのさ」

真顔でそう答えられてしまい、芽衣はぽかんと口を開けた。

「わかるかな?　運命のマジック、人はそれを『奇跡《きせき》』とも呼ぶ。僕は常々思っているんだ。人と人とのめぐり会いは、神様が仕掛《しか》けた大いなるマジックに違いないと……」

彼はあっけにとられている芽衣を余所に、歌うように運命を説いている。ますます意味がわからない。

「じゃあ私、そろそろ行きますね」

そう告げると、男は腕《うで》を組み、ゆっくりと首を傾《かし》げた。

「行くって、どこに？」

「え、どこって、家に帰るんですけど」

「うん。でも君は、自分の家がどこにあるのかわかるのかな？」

男の奇妙《きみょう》な問いに、今度は芽衣が首を傾げる番だった。

「わかるに決まってるじゃないですか。子供じゃないんだから、自分の家くらい……」

そこで芽衣は、言葉を切る。

（あれ？　私の家って……？）

どこにあるのか、にわかに答えが出ない。

住所はおろか、最寄《もよ》り駅も思い浮《う》かばない。そんな自分に愕然《がくぜん》とした。まだ頭が寝《ね》ぼけているのだろうか？　そもそもここがどこなのかもわからないままだ。

「そう、君はいま、一時的に記憶《きおく》が混乱している状態なんだ。まあしかたないよね、タイムスリップにはつきもののアクシデントさ。そのうち少しずつ記憶が整理されるはずだけど……」

――タイムスリップ。

唐突《とうとつ》に出てきた脈絡のないその言葉に、芽衣はまばたきを繰《く》り返した。

「え？　ええっ？」

「焦《あせ》らない焦らない。まずは君の名前を教えてよ。自分の名前くらいはわかるよね？」

「私の、名前……」


——芽衣ちゃん。


誰《だれ》かに、頭の中で呼びかけられたような気がした。

「……芽衣。綾月芽衣」

そう、それが自分の名前だ。もちろん自分の名前くらいわかっている。

指の隙間《すきま》からすり抜けていく記憶の中で、この手のひらに唯一《ゆいいつ》残ったもの。皮膚《ひふ》の一部みたいにしっくりと馴染むその響《ひび》きを、芽衣は噛《か》みしめるように反芻《はんすう》した。

「ふうん、芽衣ちゃんか。いい名前だね」

そんな大切な名前を、男は気安い調子で口にする。

彼は一体何者なのだろう。悪い人ではなさそうな気はしているのだけど、理解不能な言動が多すぎて、どう接していいのかいまひとつよくわからない。

「あなたの名前は？」

ここは名乗り合うのが礼儀《れいぎ》だろう。そう思って尋《たず》ねると、

「え？」

男はきょとんとした様子で目をしばたたかせる。

「あなたの名前、知りたいんだけど」

質問を繰り返すと、彼はしばらく思案した後、なにか思いついたかのように顔を上げた。

「僕の名前は、そう、チャーリーだ」

「チャーリー？」

（なにその、うさんくさい名前……）

人の名前にケチをつけるわけではないが、名乗られたことによってますます怪しさが増したような気がした。その軽薄《けいはく》な響きからして不審《ふしん》な匂《にお》いがぷんぷんする。

警戒心《けいかいしん》を募《つの》らせていく芽衣を横目に、チャーリーはぱちんと指を鳴らした。すると一瞬《いっしゅん》のうちに、地図のような大きな紙が宙に現れる。

「わ！　な、なんですかそれ。魔法《まほう》っ？」

「はは、違うよ。僕は奇術師だからね、この程度のマジックは朝飯前なのさ」

歌うような声音《こわね》で答え、彼は地図に目をこらす。なるほど奇術師と言われて納得《なっとく》した。どこか浮き世離《ばな》れしたその佇《たたず》まいは、たとえば一般《いっぱん》的な勤め人には醸《かも》し出せない独特のものがある。

「ええと、ここが日比谷公園《ひびや》だから、と」

「日比谷公園？」

予想だにしなかった地名が出た。

東京都千代田区日比谷といえば東京のオフィス街だ。銀座《ぎんざ》や有楽町《ゆうらくちょう》や新橋《しんばし》にほど近い大人たちの街といったイメージがあるが、なぜ自分がそんなところにいるのか見当もつかなかった。

「……うんうん、ここから歩いてすぐ近くに、いいところがあるじゃないか。路頭に迷って行き倒《だお》れ寸前の僕らにピッタリのスポットだよ！　実にラッキーだね、芽衣ちゃん！」

地図から顔を上げ、チャーリーはグッと親指を立ててみせた。なにがなんだかよくわからないが、どうやらいまの自分たちは、行き倒れてもおかしくない危機的状況《じょうきょう》にあるらしい。

チャーリーは手招きしながら軽快に歩き出す。芽衣は一瞬迷ったが、こんなところにひとりで残るわけにもいかず、不審な思いを抱えながらもひとまずその後をついて行くことにした。


——この宮殿《きゅうでん》は、一体なんなのか。

闇夜《やみよ》の中で幻想《げんそう》的に輝く建物を呆然《ぼうぜん》と見上げながら、芽衣は思案する。

宮殿なのか城なのか、とにかくその規模は広大だ。二階建ての砂糖菓子《がし》のような純白の外壁《がいへき》には半円のアーチ窓がずらりとはめ込まれ、室内のきらきらとしたまばゆい光がこぼれている。

どうやら今夜はパーティーが開かれているようで、美しく着飾《きかざ》った紳士《しんし》淑女《しゅくじょ》たちが扉《とびら》の向こうへと吸い込まれていくのが見えた。

（すごい……）

こんなにきらびやかな建物が日比谷にあるとは知らなかった。

幼い頃《ころ》に少女が思い描《えが》く、外国の令嬢《れいじょう》の住まいをそのまま具現化したかのような豪奢《ごうしゃ》な佇まいに、ついつい感嘆《かんたん》のため息が漏《も》れる。

「ここ、まさか、チャーリーさんの家……？」

「はは、まさか。この館《やかた》は誰の家でもないよ」

ここまで道案内を買って出た奇術師は、館を背にして芽衣に深々と一礼した。

「鹿鳴館《ろくめいかん》へようこそ。お嬢《じょう》さん」

「……ろくめいかん？」

復唱しながら、芽衣は改めて館を見上げた。

鹿鳴館といえば、明治時代に建てられた外交施設《しせつ》だと教科書に書いてあった覚えがある。外国からの賓客《ひんかく》を招き、毎晩のように夜会を開いたという歴史的建造物だったような。

（あれ？　でも、大昔に空襲で壊されたんじゃなかったっけ？）

それとも知らない間に復元されたのだろうか？　このあたりの事情には明るくないのでよくわからない。

「じゃあ芽衣ちゃん、さっそく侵入《しんにゅう》しようか」

「は？」

芽衣は聞き返した。

「……今、侵入って言いました？」

「ああ、言い方が悪かったね。こっそり忍《しの》び込んでみようって言いたかったんだ」

「私には同じ意味に聞こえるんですけど」

即座《そくざ》に指摘《してき》した。そしてどちらも同じく犯罪を匂わせる行為《こうい》だ。

「ほら、耳を澄《す》ませてごらん」

芽衣の突《つ》っ込みを無視して、チャーリーは耳を澄ませるジェスチャーをした。

「優雅《ゆうが》なオーケストラの演奏が聞こえてくるだろう？　鹿鳴館の夜会といえば明治政府の威信《いしん》を賭《か》けたイベントだからね。ローストビーフにステーキ、鴨《かも》のグリルやミートパイ、それはもう豪勢《ごうせい》な肉料理が次から次へと出てくるに違《ちが》いないさ」

「…………」

想像しただけでうっとりした。

芽衣は、門の向こうに輝《かがや》く白亜《はくあ》の館へと思いを馳《は》せる。

豪勢な料理はさておき、あの館の中に入ってみたいと思う好奇心《こうきしん》はあった。「夜会」という響きに胸をときめかせない女の子などいるはずがない。

「あの正面玄関《げんかん》さえ突破《とっぱ》してしまえば問題ない。入ってしまえばこっちのものだからね」

「え、でも、玄関のところに警備の人がいますよ?」

「やだなあ芽衣ちゃん。僕を誰だと思ってる?」

チャーリーはシルクハットを取り、自信に満ちた表情で続けた。

「僕は稀代《きたい》の西洋奇術《きじゅつ》博士・チャーリーだ。この僕に不可能なことなど、ほとんどないのだよ」

「……ほとんどない、ですか」

はっきり「ない」と言い切らないその曖昧《あいまい》な表現に、一抹《いちまつ》の不安がよぎる。

「と、とにかくやめておきましょうよ。こんなパーティー、どう考えても場違《ばちが》いだし」

燕尾服《えんびふく》のチャーリーはいいとしても、高校の制服だとひとめでわかる芽衣の格好では有無《うむ》を言わさずつまみ出されてしまいそうだ。

(高校?)

芽衣は改めて自分の服装を見た。チェックのスカートに黒のブレザー。胸のリボン。

そう、これは高校の制服だ。

ふいに教室の風景が脳裏《のうり》に浮《う》かぶ。続いて同級生らしき少女たちの笑い声が鼓膜《こまく》に蘇《よみがえ》った。

もう少し、あと少しでなにか思い出せそうだ。しかし無情にもそこで記憶《きおく》の蓋《ふた》は閉《と》ざされる。

届きそうで届かない理不尽《りふじん》さと疎外《そがい》感に、鼻の奥がツンと痛くなった。

「どうしたの？　そんな顔して。これから楽しいパーティーだっていうのに」

芽衣の顔を覗《のぞ》き込みながら、チャーリーは少し困ったように言った。

それから指をぱちんと鳴らし、シルクハットの中から一輪の赤い薔薇《ばら》を取り出す。

「泣かないで芽衣ちゃん。ほら、綺麗《きれい》だろう？」

「……泣いてなんか」

「じゃあ笑ってよ。芽衣ちゃん」

彼はその場にひざまずき、恥《は》ずかしげもなく芽衣へと薔薇を捧《ささ》げた。

その大仰《おおぎょう》な動作たるや、奇術師というよりはまるで詐欺師《さぎし》。相変わらずのうさんくささに、怪《あや》しむのを通り越《こ》してついつい笑ってしまう芽衣だった。

「ごらんよ芽衣ちゃん。大きなシャンデリアだねえ！　こっそり侵入した甲斐《かい》があったよ！」

鹿鳴館の大広間に一歩入るなり、チャーリーは天井《てんじょう》を見てはしゃいだ声をあげた。隣《となり》に並んでいた芽衣は真っ青になり、慌《あわ》てて「しーっ」と人差し指を口にあてる。

――チャーリーの予告通り、二人はどうにか警備の人間の目をかいくぐり、鹿鳴館に忍び込むことに成功した。

とは言っても、なにも泥棒《どろぼう》よろしく窓や煙突《えんとつ》から侵入したわけではない。チャーリーが取り出した「姿を消せるマント」なるマジックアイテムに身を包んで堂々と正面玄関を通過したのだった。まさかこんなふざけたアイテムで警備員の目をあざむけるはずがないと高をくくっていた芽衣だったが、実にあっけなくミッションが達成されてしまい、いまに至る。

「ほら、僕の言った通りローストビーフがあるよ！　あっちには鶏《にわとり》の丸焼きも！」

あまりにも話がうまくいきすぎてビクビクしている芽衣とは対照的に、チャーリーのテンションは高まる一方だ。

それにしても、これは一体どういうパーティーなのか。目の前で繰《く》り広げられる豪華《ごうか》絢爛《けんらん》な光景に、芽衣は圧倒《あっとう》されっぱなしだった。

優雅な管弦楽《かんげんがく》の音色に合わせて、人々が社交ダンスに興じている。大きなシャンデリアの下では銀のカトラリーが上品な輝きを放ち、お仕着せの給仕《きゅうじ》たちがきびきびとした動作で飲み物や料理などを運んでいた。

ただひとつわかるのは、このパーティーはカジュアルではなく、限りなく本気のフォーマルであるということだ。女性は例外なく、ここはベルサイユ宮殿《きゅうでん》かと見まがうようなクラシカルなドレスに身を包んでいるし、男性陣《じん》も燕尾服やフロックコートできっちりと装っている。

「あの、チャーリーさん。やっぱり私、帰りたいんですけど」

「肉料理にはもちろん赤ワインだよね。はい、かんぱーい」

チャーリーは赤ワインの入ったグラスを強引《ごういん》に手渡《てわた》してきた。グラスのふちとふちがぶつかり、繊細《せんさい》な音を奏《かな》でる。

「いや、乾杯《かんぱい》とかしてる場合じゃなくてですね。っていうか私、未成年だし」

「はて、未成年飲酒禁止法はいつ制定されたんだっけ？」

ワインを一気にあおり、チャーリーは首を傾《かし》げた。

「確か大正に入ってからじゃなかったかな？　てことは、君がこのワインを呑《の》んだとしても罪には問われないというわけだ。ははは、いい時代だねぇ」

「な、なにわけのわかんないこと言ってるんですか、制服姿で堂々とワインなんか呑んでたら普《ふ》通《つう》に補導されますって！」

「うん。だからそれは、現代での話だろう？　でも今はほら、明治の世だし」

「……は？」

「あれ、さっき言わなかったかな？」

景気よくグラスにワインをつぎ足しながら、彼はさらりと告げた。

「ここは平成の現代じゃなくて明治の時代なのさ。つまり君は、僕の偉大《いだい》すぎるマジックによって百年以上も昔の時代にタイムスリップしてしまったわけなんだけどね」

「………」

またわけのわからないことを言い始めた。

いくらなんでも酔《よ》いの回りが早すぎやしませんか、と突っ込もうとしたその時、

「わっ」

誰《だれ》かと肩《かた》がぶつかり、芽衣の身体《からだ》がぐらりとよろける。バランスを崩《くず》してワイングラスもろとも倒《たお》れそうになったところを、力強い腕《うで》によって素早《すばや》く抱《だ》き支えられた。

「——おっと。失礼、お嬢《じょう》さん」

穏《おだ》やかに鼓膜へと届く、優《やさ》しい声。

優美な雰囲気《ふんいき》を漂《ただよ》わせる、見目の麗《うるわ》しい青年が芽衣の顔を覗き込んできた。シャンパンゴールドの光を受けるその瞳《ひとみ》に、至近距離《きより》で見つめられてどきりとする。

「大丈夫《だいじょうぶ》かい？　怪我《けが》は？」

「え？　あっ、だ、大丈夫です」

芽衣が慌てて体勢を立て直すと、彼は「それはよかった」と紳士《しんし》的な微笑《ほほえ》みを浮かべた。

すらりとした佇《たたず》まいを彩《いろど》るのは、金糸で精緻《せいち》な刺繍《ししゅう》が施《ほどこ》された白い軍服。肩には金の肩章《けんしょう》が揺《ゆ》れている。ひとめで位の高い人が着るものだとわかる衣装を、目の前の青年は気負いなくスマートに着こなしていた。

やけに完成度の高いコスプレだなあと、ぼんやりと芽衣は思う。

失礼は承知でついじろじろと見てしまう芽衣を、彼もまた興味深そうな面持《おもも》ちでじろじろと眺《なが》めている。ひとしきり観察し合ってから、二人は同時に目を合わせた。

「ふむ。実に合理的な洋装だ」

青年は腕を組み、なにやら感心したように頷《うなず》いている。

「必要最低限の布地を用いた簡素な意匠《いしょう》。華美《かび》に傾《かたむ》くことなく機能性だけを重視した様式は実に斬新《ざんしん》だ。いや、革新的と言うべきだろうか？　いささか前衛的すぎるきらいがないわけではないが……」

「？」

「その際立《きわだ》ったポリシィもさることながら、なにより特筆すべきは仕立ての良さだ。どこの国の職人に作らせたんだい？　巴里《パリィ》か、それとも伯林《ベルリン》かな？」

「え……と、たぶん、メイドインジャパンだと思いますけど」

たかが制服にそこまで興味を持たれるとは思わず、芽衣は首を傾げながら答えた。

「ほう？　舶来物《はくらい》ではないのかい。では横浜《よこはま》の仕立屋だろうか？　確か以前、外国人居留地に腕のいい職人がいると耳にしたことがあるのだけどね」

「？　そうなんですか……」

よくわからない。

むしろその軍服はどこで調達したのかと、こっちが聞きたいぐらいだった。既製品《きせいひん》なのかオーダーメイドなのか知らないが、作りはかなり本格的だ。本物の軍服など見たことがないから比べようもないのだが。

「鴎外《おうがい》さん。なにしてるんですか」

その時、若い男性の声が近づいてきた。

「こんなところに無理矢理《むりやり》連れてきておいて、ほったらかしにされても困ります」

「ああ、すまない春草《しゅんそう》」

軍服の彼は、やって来た青年に軽く手を挙げて応《こた》える。

「なにか収穫《しゅうかく》はあったのかい？　おまえのことだから、早々に絵のモデルでも見つけてよろしくやっているのかと思っていたのだよ」

「絵のモデルどころじゃありません。ここは人が多すぎるし、空気が悪くて目が痛い……まだ細民街の野良猫《のらねこ》を相手にしている方がましです」

「ははっ、さもありなんだ。しかし春草、たまには猫ではなくご婦人を追いかけてみるのも一興かと思うが？　世の女性は往々にして猫のように気まぐれだが、猫ほど逃《に》げ足は速くないという事実を我々男子はもっと喜ばしく思うべきだ。そうだろう？」

「賛成しかねます」

短く答えてから、「春草」と呼ばれた青年はゆっくりと視線を芽衣に移した。

年は自分と同じくらいだろうか。物憂《ものう》げなまなざしが印象的な青年だ。学生帽《がくせいぼう》と詰《つ》め襟《えり》で身を包み、癖《くせ》のある長い髪《かみ》を無造作に束ねている。

（……よかった、仲間だ。仲間がいた）

学生服での参加者が自分だけではないとわかり、芽衣は心から安堵《あんど》した。しかし彼は、一方的に親近感を抱く芽衣をはねのけるような目つきで、

「鴎外さん。このご婦人は？」

「うん？　ああ、彼女とは今知り合ったばかりなのだよ。つい話に花が咲《さ》いてしまってね。これから銀座のカフェーにでも誘《さそ》おうかと思った矢先に、おまえという邪魔《じゃま》が入ったわけだ」

同意を求めるように彼は微笑みを向けてきた。なんと返事をするべきか戸惑《とまど》っていると、学生服の青年はあからさまに眉根《まゆね》を寄せる。

「……鴎外さんは相変わらず、珍妙《ちんみょう》なものがお好みのようですね」

その呆《あき》れたようなつぶやきを、芽衣は聞き逃《のが》さなかった。

彼の視線は明らかに芽衣へと向いている。まさに珍妙なものを見る目。道端《みちばた》で盆踊《ぼんおど》り中のパンダにでも遭遇《そうぐう》したかのような、理解不能といったまなざしだ。

「こうして珍《めずら》しいものも見られたし、十分満足したのでもう帰ります。鴎外さんはどうぞごゆっくり」

「こらこら、待ちたまえ。まったくせっかちな……」

二人はなにやら言い合いを続けながら、人混《ひとご》みの中に紛《まぎ》れていってしまった。

「珍妙……？」

その場に残された芽衣は、改めて自分の身なりを確認《かくにん》した。別に汚《よご》れたり破れたりもしていない。念のため銀食器に自分の顔を映してみるが、目と鼻と口も普通にあるし油性ペンでイタズラ書きもされていなかった。つまり珍妙な要素などひとつもない。

「やあ、いきなり有名人とご対面だね」

「っ！」

いきなり耳元で囁《ささや》かれ、ビクっとしてしまう。

それまで遠巻きに傍観《ぼうかん》を決め込んでいたチャーリーが、いつのまにか隣《となり》にいた。ちゃっかりと山盛りのローストビーフを口に運んでいる。それを羨《うらや》ましく横目に見ながら、

「あの人たち、有名人なんですか？」

「そう、いまのは軍人であり文筆家の森林太郎《りんたろう》……というより、森鴎外と言ったほうがわかりやすいかな。そして彼と一緒《いっしょ》にいた書生は、日本画家の菱田《ひしだ》春草だよ。名前は聞いたことあるだろう？」

――森鴎外。菱田春草。

頭の中で歴史の教科書がぺらぺらとめくられる。自分に関する記憶《きおく》は曖昧《あいまい》なくせに、不思議とその名前に関する知識は授業で教わった範囲《はんい》内で覚えていた。どちらも明治時代に活躍《かつやく》した文化人だが、

「え？　でも、だって」

「そうそう、今夜は井上馨《いのうえかおる》外務卿《きょう》が主催《しゅさい》する夜会なんだってさ。ロシアの貴族が来日してるらしいんだ。どうりで顔ぶれが豪華《ごうか》なはずだよねえ……ほら、あそこにも有名人が」

そう説明しながらチャーリーが指さしたのは、ピンストライプのスーツを来た青年だった。スマートな長身で、顔立ちは凛々《りり》しく、それでいて人目を惹《ひ》く華《はな》やかさがある。その快活な笑顔《えがお》と色香《いろか》を漂わせる目もとに、ついつい芽衣も視線を奪《うば》われてしまった。

「おいおい、押すんじゃねえよ。俺はダンスなんざ踊《おど》れねえって言ってんだろ？」

「そうはおっしゃらずに、一曲だけでもよろしいではありませんか」

ですの？」

「ええぜひ。うちの娘《むすめ》も、浅草《あさくさ》の仲見世《なかみせ》で貴方《あなた》の錦絵《にしきえ》を買い求めましたのよ。次の舞台《ぶたい》はいつ

「さあな、うちの戯曲家《ぎきょく》に聞いてくれ」

彼は肩《かた》をすくめ、艶《つや》っぽい笑みで女性たちを一瞥《いちべつ》した。

「俺だって、早く舞台に立ちたくてしかたねえんだ。じきに楽しませてやるから、大人しく初日を待ってろよ。……いいな？」

男なのに、その流し目は女顔負けの色気を放っている。彼を取り巻く女性たちは黄色い声をあげ、そしてすぐに紅潮させた頬《ほお》を、恥《は》じらい気味に扇子《せんす》で隠《かく》した。

「彼は川上音二郎《かわかみおとじろう》。なかなかの色男だろう？」

チャーリーは訳知り顔で付け加えた。

「最近注目を集めている新進気鋭《きえい》の舞台役者なんだ。ちょっと前までは舞台といえば歌舞伎《かぶき》一辺倒《いっぺんとう》だったんだけど、明治に入ってから新派という流れができてね。書生芝居《しばい》なんていう、素人《しろうと》が寄り集まった舞台に人気が……」

「チャーリーさん」

「ん？」

「いろいろ突《つ》っ込みたいことだらけなんですけど、とりあえず、どうしてそんなにここにいる

人たちの素性《すじょう》に詳《くわ》しいんですか？」

芽衣は、さっきから抱《いだ》いていた疑問を口にした。

彼の持ちうる情報についての真偽《しんぎ》はさておき、だ。旅のガイドさながらの親切な案内に、さすがの芽衣も首をひねらざるをえない。

「やだなあ、僕が特別詳しいわけじゃないよ。誰《だれ》でも知ってる知識じゃないか。ああそれとも、歴史の授業は睡眠《すいみん》にあててたクチかな？」

「なっ……歴史の授業は好きでしたけどっ」

条件反射で出た言葉に、芽衣ははっとした。

そう、自分は歴史の勉強が嫌《きら》いではなかった。少なくとも理数系の教科に比べればずっと興味を持って取り組んでいたような気がするが、でも、だからなんだと言うのだろう？　歴史が好きなことと出席者にまつわる情報との間には、なんの関係もないはずだ。

「ところで芽衣ちゃん、ローストビーフは食べなくていいの？　そろそろ売り切れそうだけど」

「！」

それを早く言えとばかりに、芽衣は肉料理の並ぶテーブルへと駆《か》け出そうとした――が。

深緑色のなにかが視界を遮《さえぎ》る。勢い余って額がぶつかり、芽衣は「あいたっ」と声をあげた。

「――おい、娘」

底冷えのするような、硬《かた》く低い声。

おそるおそる顔を上げると、背の高い男性と目が合った。怜悧《れいり》な面差《おもざ》しに見下ろされ、緊張《きんちょう》が走《はし》る。

「招待状を見せてもらおう」

「……え？」

「近頃《ちかごろ》はこの辺りも物騒《ぶっそう》なものでな。政府筋の人間が集まる場所に紛れ込もうとする、不審《ふしん》な輩《やから》があとを絶たん。ついては身元確認の協力を願う」

芽衣は息を呑《の》んだ。

（もしかして、警察……？）

彼は無言のまま警官帽《ぼう》を目深《まぶか》にかぶり直した。その腰《こし》には金の柄《つか》が輝《かがや》くサーベルが携《たずさ》えられている。――サーベル？

「あ、あの、ちょ、ちょっと待ってください」

芽衣は泣きそうになりながらチャーリーへと手を伸《の》ばした。

「招待状なら、ええと、この人が」

「この人？」

強面《こわもて》の警察官は、さらに目もとを険しくさせる。

「連れがいるならさっさと呼べ。時間を取らせるな」

「え、だからこの人…………って、いない⁉」

伸ばした手がスカスカと宙を切り、芽衣は真っ青になった。

今、三秒前まで隣にいたはずの男の姿が、どこにもない。まるで最初から存在しなかったとでもいうように、影《かげ》もかたちもない。

（逃《に》げられた……！）

つま先から、じわじわと血が凍《こお》りついていくような絶望感が忍《しの》び寄ってくる。

なぜひとりで逃げたのか。その理由は考えるまでもない。もともとうさんくさい人物ではあったし、芽衣を連れて逃げる義務など彼にはなかった。ましてや芽衣をかばう筋合いもなく。

（だったらせめて……あの姿を消せるマントぐらい置いてってもいいと思うよ⁉）

今使わないでいつ使うのかというあの便利アイテムを、どうして残していってはくれなかったのか。などと憤《いきどお》ってみても、この状況《じょうきょう》が好転するはずもない。

「貴様……怪《あや》しいな」

「ひっ！」

警察官はサーベルの柄を握《にぎ》りしめ、芽衣との間を詰《つ》める。あからさまに犯罪者を見るような目つき。私はなにもしていませんと訴《うった》えたかったが、今まさにパーティー会場に不法侵入《しんにゅう》している真っ最中なのだった。

「名を名乗れ。誰の手引きでここにいる」

「わ、私は」

周囲がざわついた。人々の視線を痛いほど感じ、たちまち声が出なくなる。

「答えなければ拘引《こういん》するまでだ。覚悟《かくご》はできているのだろうな？」

「……っ」

一歩、後ずさる芽衣の腕《うで》を警察官が摑《つか》んだ。膝《ひざ》が震《ふる》えて全身に力が入らない。耳鳴りが聞こえ、うまく呼吸ができず、くらくらと眩暈《めまい》を覚えたその時――。

誰かが、芽衣の肩にふわりと手を置いた。

大きな手の感触《かんしょく》。その温かさに、少しずつ耳鳴りが遠ざかっていく。

「やあ、会いたかったよ。子リスちゃん」

聞き覚えのある声がして芽衣は振《ふ》り返る。そこには白い軍服姿の――森鷗外と呼ばれていた人物が、なぜか笑顔で立っていた。

（子リスちゃん？）

なにがなんだかわからずに呆然《ぼうぜん》としている芽衣を、鷗外はやわらかく抱《だ》き寄せた。芽衣の腕を摑んでいた警察官の手を、さりげなく払《はら》いのけながら。

「ほら、もっとよく顔を見せておくれ。おまえが欧米《おうべい》諸国を周遊している間、僕がどんなに寂《さび》しい思いを募《つの》らせていたのかわかっているのかい？」

「え？　あ、あの」

「まさか僕の顔を忘れて、向こうで遊び呆《ほう》けていたのではないだろうね？　……まったく、おまえのようなフィアンセを持つと苦労させられる。もっとも、そんな奔放《ほんぽう》さを気に入ってしまった僕にこそ、咎《とが》があると言うべきか……」

「わ、わわっ、あの、ちょっ……」

前髪《まえがみ》がふわっと上がったかと思うと、額にキスされた。

思考と身体《からだ》が完全に固まる。芽衣は抱きしめられるがままの状態で、もはや呼吸を繰《く》り返すことしかできない。

（なんなの？　今、なにが起こってるの――？）

また眩暈がしてきた。そんな芽衣を支えるかのように、抱きしめる腕には力が込められるばかり。固い胸板《むないた》にぎゅっと鼻が押しつけられる。

「……なんの真似《まね》だ。陸軍一等軍医殿《どの》」

「おや、警視庁妖邏課《ようらか》の藤田《ふじた》警部補ではないか。そちらこそ僕のフィアンセになにか用かな？」

「フィアンセ、だと？」

芽衣の疑問を、藤田と呼ばれた警察官がそのまま口にした。

フィアンセ。つまり婚約者《こんやく》。それが自分を指しているのだとにわかに理解できなかった。頭上で交《か》わされる会話が他人事《ひとごと》のように遠く聞こえる。

「いかにも。彼女は僕の妻となる人だ」

芽衣の髪《かみ》を撫《な》でながら、鴎外は言い切った。

「さあ子リスちゃん。藤田警部補に自己紹介《しょうかい》するといい。まさか長い洋行生活のせいで、母国語を忘れてしまったわけではあるまい？」

「え……と」

状況が把握《はあく》できず戸惑《とまど》う芽衣の耳元に、鴎外はそっと唇《くちびる》を寄せた。吐息《といき》が耳朶《じだ》にかかったかと思うと、

「早く名前を言いなさい。同じことを何度も言わせるものではないよ」

優《やさ》しく、けれども断定的な口調で囁《ささや》かれた。

芽衣は我に返り、慌《あわ》てて「あ、綾月芽衣ですっ」と声を出す。

「綾月？……聞き慣れん姓《せい》だな」

藤田は眉宇《びう》をひそめ、続けた。

「ではこの娘《むすめ》の奇天烈《きてれつ》な洋装も、あんたの趣味《しゅみ》か。陸軍一等軍医殿」

「はは、無論だ。世事に疎《うと》い藤田警部補は存じ上げないだろうが、いま欧米では彼女の着用しているような短い腰巻《こしま》きが流行《はや》っているのだよ。軽くて足さばきが良いと職業婦人たちに好評らしい。欧化《おうか》政策の進む我が国でも、いずれ頻繁《ひんぱん》に目にするようになるだろう」

「ほう？　それは初耳だ。俺には大道芸人の衣装にしか見えなかったが」

藤田は遠慮《えんりょ》のない視線を芽衣へと向けた。その右手は依然《いぜん》としてサーベルの柄を握ったままだ。いつ鞘《さや》から抜《ぬ》かれてもおかしくないほどの剣呑《けんのん》な気配を感じる。

（この人、怖《こわ》い……）

冷や汗《あせ》が止まらず、芽衣はぎゅっと拳《こぶし》を握りしめた。

「藤田警部補、そんな険しい顔で僕のフィアンセを睨《にら》まないでくれたまえ。それともあなたには、彼女が物の怪《け》の類《たぐ》いにでも視《み》えるのかな？」

「あいにくだが、俺は『魂依《たまより》』ではない」

モノノケ。タマヨリ。耳慣れない単語が飛び交《か》う。一体なんの話をしているのか。

「ふむ。ではますます彼女が妖邏課の世話になる理由はないな。彼女はただの人間であり、僕のフィアンセだ」

鴎外は芽衣の肩《かた》を抱《だ》き、周囲を取り囲むギャラリーたちを一瞥《いちべつ》した。まるでこの状況が愉快《ゆかい》でしかたないとでも言うように優雅《ゆうが》な笑《え》みをたたえ、敬礼してみせる。

「さて、僕らはこのあたりで失礼するとしよう。お騒《さわ》がせして悪かったね。紳士《しんし》淑女《しゅくじょ》の皆《みな》さん、引き続き今宵《こよい》の宴《えん》をお楽しみあれ」

彼はそう言い残し、芽衣を連れて足早に大広間の出入り口を目指した。

遠ざかるワルツ、淑女たちの笑い声とドレスの衣擦《きぬず》れの音。

艶《つや》やかに磨《みが》かれた階段を駆《か》け下り、エントランスに出てひとけが少なくなると、鴎外はあっけにとられている芽衣を横目に「ははっ」と声を出して笑った。

「いやはや、実に傑作《けっさく》だ！　夜会の席で職務質問を受ける娘など前代未聞だよ。華族《かぞく》や財閥《ざいばつ》家のご令嬢《れいじょう》たちがここぞとばかりにめかしこんできたというのに、どこぞの飛び入りがまんまと今宵の主役の座をかっ攫《さら》ってしまったではないか。ははっ」

「あ、あのっ」

「このぶんだと明日のサロンはお嬢《じょう》さんの話題でもちきりだろう。いや、写真付きで東京日日新聞の一面を飾《かざ》る可能性もある。鹿鳴館に突如《とつじょ》として現れた謎《なぞ》の娘が、妖邏課の鬼《おに》警部補で知られる藤田五郎《ごろう》とやり合うなど、いかにも大衆が喜びそうな珍事《ちんじ》だと思わないかい？　痛快にして奇想天外《きそうてんがい》、まるでエドガア・アラン・ポオの小説のような始まりだ」

門番が正面の扉《とびら》を開き、夜風がエントランスへと一気に吹《ふ》き込んでくる。街灯に照らされた庭園にはずらりと人力車が並び、鴎外はその中の一台へと芽衣を誘導《ゆうどう》した。

「さあ、乗りたまえ」

（乗りたまえって……これに？）

一体どこへ行こうというのか。ピンチのところで助け船を出してもらったとはいえ、相手は見ず知らずの人物だ。このままほいほいと後をついて行くわけにはいかなかった。

「ぐずぐずしていると、さっきの怖い警察官が追いかけてくるかもしれないよ。僕は別にかまわないが、お嬢さんにとっては少々都合が悪いんじゃないのかい？」

的確な指摘《してき》を受け、芽衣は言葉を呑《の》む。確かにここで逮捕《たいほ》されるわけにはいかない。記憶《きおく》を失った上に留置所行きだなんて、あまりに悲惨《ひさん》すぎる展開だ。

「……まったく。往生際《ぎわ》の悪い」

「っ!?」

ふわり、と身体が浮《う》いた。

抱き上げられたと気づいた時には、すでに人力車の座席に放り込まれていた。頭に笠《かさ》をかぶった俥夫が梶棒《かじぼう》を持ち上げると、座席もろとも全身が背後に傾《かたむ》いて転げ落ちそうになる。

「待って！　降ろしてください！」

「当然だとも。家に着いたら降ろしてあげよう」

鴎外はにこやかに告げた。

「俥屋《くるま》、神田小川町《かんだおがわまち》まで頼《たの》む」

「へいっ」

「降ろしてってば！　ねえ！」

芽衣は隣《となり》で悠長《ゆうちょう》に微笑《ほほえ》んでいる男へと訴《うった》えた。しかし願いは聞き届けられず、そうこうしているうちに人力車は走り出した。

鹿鳴館の庭園を抜け、煉瓦《れんが》造りの洋館が建ち並ぶ街並みへと。通り過ぎる景色の中、赤い満月だけがどこまでも後を追い続けていた。

第二章　真夜中ノ客人

夜の街を走り続け、どれくらいの時間が経過したのか。

たどり着いたのは下町の住宅街にある大きな洋館だった。シンメトリーな造りの二階建てで、塀《へい》にぐるりと囲まれた庭の中では剪定《せんてい》された常緑樹が静かに佇《たたず》んでいる。鹿鳴館ほどの規模ではないが、それでもひとめで裕福《ゆうふく》な人が住む邸宅《ていたく》だと見てとれた。

「着いたよ、お嬢さん」

座席の隅《すみ》でひたすら怯《おび》えている芽衣へと、鴎外は手を伸《の》ばす。紳士《しんし》的なその所作と笑顔につい気を許しそうになるが、油断は禁物だと自分に言い聞かせた。

「こ、ここはどこですか。私をどうする気なんですか」

「どうする気、とは？」

「売るつもりなんですか？　私のこと」

半ばヤケになり、芽衣はずばりと指摘した。

「隠《かく》さなくったってわかります。私が身元不明なのをいいことに、その……闇《やみ》ルートとかで取引されるんですよね。それで木箱の中に詰《つ》めて、港から船で密入国を……」

「ふむ、人身売買か。それもまた妙案《みょうあん》ではあるなあ」

鴎外はくすくすと笑いながら、黒い妄想《もうそう》を膨《ふく》らませる芽衣を人力車から降ろした。

「お嬢さんのような若い娘を人買いに売れば、牛鍋《ぎゅうなべ》代くらいは稼《かせ》げるかもしれない。それも並等ではなく上等の牛肉だ」

「……牛肉？」

「いかにも。肉料理は好きかい？」

なんとも場違《ばちが》いな質問だが、芽衣はこくりと頷《うなず》いた。肉の中でも特に牛肉には目がなく、鹿鳴館ではローストビーフが食べられずじまいで、地味に悔《く》やんでいたところなのだ。

「では近いうちに牛鍋をご馳走《ちそう》しようか。今日……と言いたいところだが、さすがに夜もふけた。代わりに、フミさんに番茶でも淹《い》れてもらうことにしよう」

フミさん？　と尋《たず》ねるよりも先に、鴎外はさっさと門をくぐって玄関《げんかん》へと歩いていく。するとドアが開き、着物姿の女性がひょいと顔を出した。年は三十代くらい、小料理屋のおかみさんといった雰囲気《ふんいき》の女性だった。

「お帰りなさいませ。春草さんは先にお帰りですよ」

「そうかい。実は客人がいるのだよ。熱い番茶を出してやってくれないだろうか」

「はい、ただいま」

彼女は芽衣に軽く会釈《えしやく》してから中へと引っ込んだ。「そういや、いただきものの羊羹《ようかん》がありますけどお出ししましょうか？」などという会話が漏《も》れ聞こえてくる。

（あれ？　なんか……）

この屋敷《やしき》は人身売買のシンジケートであり、今から闇取引が始まるのではなかったのか。少なくとも芽衣は、そのつもりで身構えていた。

なのに今の、平和的なやり取りはなんなのだろう？　物々しさの欠片もない空気に戸惑《とまど》いを隠せずにいると、いったん屋敷の中に入った鴎外が再び外に出てきた。

「ほら、早くおいで。そんなところに突《つ》っ立っていると、悪い物の怪《け》に喰《く》われてしまうかもしれないよ」

その上「物の怪」とは、子供騙《こどもだま》しにもならない脅《おど》し文句《もんく》だ。

おかげですっかり気が抜《ぬ》けてしまった芽衣は、しばし逡巡《しゆんじゆん》したのち——屋敷へと一歩踏《ふ》み出した。どうせ今の自分にはほかに行くあてなどないのだと、自暴自棄《じぼうじき》な気持ちが背中を押したのだ。

屋敷の内部は外観の印象そのままに、重厚《じゆうこう》かつ品の良いインテリアでまとめられていた。玄関ホールは吹き抜けになっていて、天井《てんじょう》から吊《つる》されているランプが飴色《あめいろ》に輝《かがや》く階段を照らしている。廊下《ろうか》や踊《おど》り場に飾《かざ》られた絵画や調度品はどれも高価そうだ。

けれども不思議と仰々《ぎょうぎょう》しさを感じないのは、洋館なのに寄木細工の欄間《らんま》がはめ込まれていたり、壁紙《かべがみ》が金唐草紙《からくさ》だったりと、さりげなく和の意匠《いしょう》が施《ほどこ》されているせいかもしれない。馴染《なじ》みのある図書館にいるような落ち着いた雰囲気に、自然と警戒心《けいかいしん》がゆるんでしまう。

ほどなくして芽衣は、壁《かべ》一面に大きな窓がはめ込まれたサンルームのような部屋に通された。

「お帰りなさい、鴎外さん」

そこには、若草色の羽織と灰色の袴《はかま》を身につけた青年がいた。さっき鹿鳴館で会った、春草と呼ばれていた青年だった。

「あれ。どうして君がここにいるの」

春草はわずかに片眉《かたまゆ》を上げて芽衣を見る。口調は淡々《たんたん》としているが、うっかり紛《まぎ》れ込んだドブネズミを見るような、迷惑極《めいわくきわ》まりなさそうな目つきをしていた。

「僕がお招きしたのだ。さあ子リスちゃん、そこのソファーに掛《か》けたまえ。大したもてなしはできないが、ゆっくりしていくといい」

春草の冷ややかな視線を感じながら、芽衣はひとり掛け用のソファーに腰《こし》を下ろした。鴎外も目の前のソファーに座り、息を吐《は》きながらネクタイをゆるめる。

「――しかし、今日の夜会はずいぶんと盛況《せいきょう》だったなあ。千五、六百人はいただろうか。さしもの建築家ジョサイア・コンドルも、まさかあれほどの人数が大広間に詰め込まれるとは夢想だにしなかったはずだ。板の間の床《ゆか》がいまにも抜けそうなほどギシギシと鳴って、露西亜《ロシア》の皇太子も生きた心地《ここち》がしなかったろうよ」

「ええ。俺も生きた心地がしませんでした」

ため息混じりに春草が相づちを打つ。

「ははっ、だが悪いことばかりではない。こうして新たな友人との出会いがあったのだからね。ええと確か名前は……綾月芽衣といったかな?」

鴎外に尋ねられ、芽衣は小さく頷いた。

「招待客でもないのに、なぜ鹿鳴館にいたんだい?」

「そ……それは」

「別に責めているわけではない。ただ、怖《おそ》れ知らずの勇敢《ゆうかん》なお嬢《じょう》さんだと思ってね。あの藤田警部補に目をつけられるまでのいきさつに、個人的興味が湧《わ》いたというわけだ」

「……そんな厄介《やっかい》なご婦人を連れて帰ってきたんですか」

迷惑がっているのがありありとわかる声音《こわね》で春草はつぶやく。ますますその視線が厳しくなり、芽衣はいたたまれなくなってうつむいた。

やがてコンコンとドアがノックされ、フミが静かに入ってきた。三人分の湯飲みと羊羹がテーブルに並べられ、湯気とともに香《こう》ばしい匂《にお》いが漂《ただよ》う。

「そら、遠慮《えんりょ》せず呑《の》みなさい。フミさんの淹れた番茶はなかなかのものだよ。羊羹と合わせるとさらに格別だ」

そう促《うなが》されて手を伸ばしかけたが、芽衣はすぐに思い直した。お客さん気分でくつろいでいる場合ではない。茶の中になにを盛られているかわかったものではないのだ――ノコノコとここまでついてきたくせに、なにをいまさらという感じではあるが。

「おや、いらないのかい？　子リスちゃん」

「あの、ひとつ聞きたいんですけど、その子リスちゃんっていうのは一体……」

「もちろん、おまえのことだが？」

慈悲《じひ》深い笑《え》みをたたえながら彼は言う。しかしいきなり「おまえ」呼ばわりだ。

「さっきはおまえの名前を知らなかったのでね。なにか呼び名を……と考えた時に、ふと木陰《こかげ》で佇む愛らしい哺乳類《ほにゅうるい》が思い浮《う》かんだのだ。警察官の皮をかぶった狼《おおかみ》を相手に、小刻みに身体《からだ》を震《ふる》わせる姿はまさに子リスそのものではないか。実に愛らしい」

「？　はあ……」

「というわけで、今日からおまえは子リスちゃんだ」

ごくりと茶を飲んでから、彼はきっぱりと言い切った。

「春草も、彼女のことをそう呼ぶといい」

「嫌《いや》です」

春草は即答《そくとう》した。

「おや、嫌なのかい。やれやれ、春草は恥《は》ずかしがり屋だからなあ」

「すみません、私も、子リスちゃんはちょっと……」

見ず知らずの相手にどう呼ばれてもかまわないと言えばかまわないのだが、若干《じゃっかん》の気恥《きは》ずかしさを感じなくもない。

「子リスちゃんはお気に召《め》さないのかい？　では、子猫《こねこ》ちゃんはどうだろう。いや、子狸《こだぬき》ちゃん、子ネズミちゃん、子豚《こぶた》ちゃん……」

いくらなんでも子豚はないだろうと密《ひそ》かに憤《いきどお》っていると、鴎外はけらけらと笑った。

「はは、どうやら怒《おこ》らせてしまったようだ。頬《ほお》がぷっくりと膨れている。まるで頬袋《ほおぶくろ》に限界まで餌《えさ》を詰め込んだ子リスのようではないか。やはり僕の見立てに間違《まちが》いはない」

「こ、これはもともとです！」

思わず声を荒《あら》らげると、無言で茶をすすっていた春草がじろりと芽衣をねめつけた。

「大きな声、出さないでくれる。今何時だと思ってるの」

てくる。

柱時計は夜の九時半を示していた。窓の外は真っ暗で、木々のざわめく音がかすかに聞こえてくる。

「……すみません」

「鴎外さん。こんな時間までご婦人を引き留めるのはどうかと思いますが」

「ふむ、それもそうだ。子リスちゃん、家はどこかい。ひと息ついたら俥屋《くるま》に送らせよう」

え？と、芽衣は顔を上げた。

「私、帰ってもいいんですか？」

「おかしなことを聞く子だなあ。まさか本気で人買いに売り飛ばされるとでも？」

今さっきまでは、本気でそう思っていた。誰《だれ》だって知らない場所に無理矢理《むりやり》連れて来られたら、よからぬ企《たくら》みがあるのではないかと警戒《けいかい》するに決まっている。

（でも……）

ようやく緊張《きんちょう》の糸が切れて、身体がソファーにずっしりと沈《しず》み込んだ。

不思議なこと続きで、数限りない疑問が頭の中を渦巻《うずま》いていた今日。しまいには頼《たの》みの綱《つな》だった奇術師《きじゅつ》にも逃《に》げられ、サーベルを持った警察官に連行されそうになり、どうにか難を逃《のが》れてここにたどり着いて。

（そうだ。私、この人に助けてもらったんだ）

冷静に考えるとそういうことになる。鹿鳴館の大広間で、遠巻きに騒《さわ》ぎを眺《なが》めていた人々の中で唯一《ゆいいつ》手を差し伸《の》べてくれたのは、いま目の前にいるこの人だった。彼がいなければいまごろは留置所送りになっていたに違《ちが》いない。

芽衣はゆっくりと鴎外を見上げた。

「ところで、おまえが鹿鳴館にいたことを親御《おやご》さんは知っているのかい？　こんな時間まで外を出歩いていたら、きっと怒られてしまうだろうね」

「いえ、それが私……自分の親とか、家のこととか、よく覚えてなくて」

「？　覚えていない？」

鴎外と春草は、互《たが》いに顔を見合わせた。

「はい……」

芽衣はしばし逡巡《しゅんじゅん》したのち、二人にここまでの顚末《てんまつ》を打ち明けることにした。目が覚めたら日比谷公園のベンチにいて、自分に関する記憶《きおく》がないまま謎《なぞ》の奇術師に連れられて鹿鳴館に入り込み、そしていまに至るまでを。

我ながら、でたらめな話だなと芽衣は思う。

唐突《とうとつ》で脈絡《みゃくらく》がなくて、夢の出来事を話して聞かせているような気分になった。しかしそんな馬鹿《ばか》げた経緯《けいい》を、二人は思いのほか真面目《まじめ》に聞いてくれた。茶化《ちゃか》すこともせず、ましてや鼻で笑うこともなく。

「――ふむ。記憶障害か。なんともまあ、雲を摑《つか》むような話だ」

芽衣がひととおり話し終えると、鴎外は悩《なや》ましげに腕《うで》を組んだ。春草が尋《たず》ねる。

「そんな病気があるんですか」

「あいにく僕は脳神経の専門ではないからね。臨床《りんしょう》に接したことはないのだが、そういった症《しょう》例《れい》があるにはあると聞いている。多くは心的外傷による一過性のもので、特別な治療《ちりょう》を施《ほどこ》さずとも一晩も経《た》てば平常を取り戻《もど》すらしいが……」

「えっ、じゃあ、寝《ね》たら治るってことですかっ？」

芽衣が思わず前のめりになると、鴎外は「さて、どうだろう」と肩《かた》をすくめた。

「脳の神経回路に関しては、東西の医学的観点からしても未解明な部分が多すぎるのだよ。一晩経てば治る例もあれば、記憶が戻らないまま一生を過ごす例もある。端的《たんてき》に言えば人によりけりということだ。これといった治療法も確立されていないのでね」

「一生……」

目の前が暗転した。このまま一生、記憶が戻らない可能性など考えてもみなかったからだ。

芽衣は心を落ち着かせようと、長く息を吐《は》いた。テーブルの上の湯飲みに手を伸ばし、そのぬくもりをそっと包み込む。

（落ち着かなきゃ。まだ治らないと決まったわけじゃないんだから）

　そう自分に言い聞かせた。なにもすべての記憶を手放してしまったわけではない。こうして言葉を話し、名乗ることもできる。おそらくはごく普通《ふつう》の高校生で、漠然《ばくぜん》とではあるが、どこかに帰るべき場所があるような気もしているのだ。

（大丈夫《だいじょうぶ》。きっと家に帰れるはず）

　祈《いの》るような気持ちで湯飲みを握《にぎ》りしめると、ふと肩に手が置かれた。

　見上げると、いつのまにか傍《かたわ》らに鴎外が立っていた。悠然《ゆうぜん》たる笑みで芽衣を見下ろしている。

「とにかく、今夜はもう遅《おそ》い。いま部屋に案内するから、うちに泊《と》まっていきなさい」

「っ！　いえ、そんなっ」

　思いがけない提案に、芽衣も立ち上がった。

「どうせ行くあてもないのだろう。幸い、我が屋敷《やしき》には宿場を営めるほど部屋が余っている。遠慮することはなにもないのだよ。なあ春草？」

　話を振《ふ》られた春草は、一拍《いっぱく》置いてから「はあ」と頷《うなず》いた。

「俺に異存はありませんよ。こっちも居候《いそうろう》の身ですから」

「では決まりだ」

　有無《うむ》を言わさぬ笑顔で、鴎外も頷く。

「ああ、男所帯で寝泊《ねと》まりするのが不安なら、今夜はフミさんにも泊まっていってもらうことにしようではないか。それなら安心だろう？　うむ、安心だ。これでなんの心配もない」

「あ、あのっ」

鴎外は半ば強引《ごういん》に芽衣の腕を取り、ドアへと歩き出した。そのままサンルームを出て階段を上り、迷いのない足取りで薄暗《うすぐら》い二階の廊下《ろうか》を突《つ》き進んでいく。

「どうぞおかまいなく、私なら大丈夫です、カラオケボックスか漫画喫茶《まんがきっさ》で朝まで時間潰《つぶ》しますからっ」

「なにを言う。こんな時間まで営業している喫茶店などないよ。世間知らずなお嬢《じょう》さんだ」

そんなはずはない。ここが東京なら二十四時間営業の店はいくらでもあるだろうと芽衣は言いたかった。この付近に漫画喫茶がなければ、ファミレスでもファストフード店でも。

でもそれを口に出せなかったのは、鹿鳴館からこの屋敷までの道のりを思い出したからだ。大通りを少し外れると、東京とは思えないほど活気がなく、田んぼのあぜ道から蛙《かえる》の鳴き声が聞こえて耳を疑った。犯罪組織の本拠地《ほんきょち》に向かうと思わせるに足る説得力が、ここまでの暗く静まりかえった道中にはあったのだ。

「さあ、今夜はこの部屋を使いたまえ。僕の従姉妹《いとこ》が使っていた部屋だ」

もやもやとした違和感《いわかん》を抱《かか》えたまま、芽衣は廊下の突き当たりの部屋に案内された。

その部屋は六面の壁《かべ》に三つの格子窓《こうし》を配した洋室で、大きなテーブルセットと暖炉《だんろ》が備え付けてある。山吹色《やまぶき》のカーテンやサーモンピンクのクッションなど、ところどころに女性が使用していた名残《なごり》が見受けられた。

「もともとこの屋敷は伯父《おじ》の所有でね。ずいぶん前に津和野《つわの》に引っ込んでしまったので今は僕が借り受けているというわけだ。この部屋は陽当《ひあ》たりもいいし、風もよく通る。気に入ってもらえるといいのだが」

「すごい……ホテルみたい」

天井《てんじょう》は高く、月明かりに照らされた格子窓の影《かげ》が寄木細工の床《ゆか》に落ちている。チェストやクローゼットは飴色《あめいろ》につやつやとしているし、乳白色のアンティーク調のランプもかわいらしい。なにより部屋に暖炉があるなど、一般《いっぱん》住宅ではあまりお目にかかれない光景だ。

「ほう？　ホテルとは、帝國《ていこく》ホテルのことかい？　比較《ひかく》対象が日本屈指《くっし》の高級ホテルとは、子リスちゃんもなかなかの玄人《くろうと》ではないか」

「い、いえ、そういうわけでは」

鴎外は感心したように芽衣の顔を覗《のぞ》き込んできた。それこそ珍《めずら》しい小動物を観察するような、好奇心《こうきしん》に輝《かがや》いた目。その距離《きょり》の近さに、芽衣は思わず視線を逸《そ》らしてしまう。

「そういえば、いま帝國ホテルには友人が滞在《たいざい》しているのだよ。ラフカディオ・ハーンという名前を耳にしたことはないだろうか」

「ラフカディオ・ハーン……？」

どこかで聞いたことのある名前だった。

「彼は大の日本贔屓《びいき》で、日本に関する著作を多数出版しているのだけどね。小泉八雲《こいずみやくも》という名前で物の怪《け》に関する小説も書いている、少々変わった男なのだが」

「小泉八雲？　……あ、知ってます！　確か『耳なし芳一《ほういち》』を書いた人！」

芽衣はぽんと手を叩《たた》いた。

小泉八雲とは『怪談《かいだん》』を書いたことで知られる人物だ。外国から日本に来て、日本を愛するあまり帰化してしまった人だという浅い知識だけは持ち合わせていた。

（……なんでこういうことは覚えてるんだろ）

改めて不思議に思う。たとえば東京の地名だったり、歴史上の出来事だったりと、最低限の一般常識は記憶にあるのに、よりによって自分に関しての記憶がほとんどないのはどういうことなのだろう？

「ははっ、やはり小泉くんを知っていたか。彼はいろいろな意味で有名人だからなあ。……しかし彼の著作まで知っているとは博学多識なお嬢さんだ。育ちのよさからして、もしかするとどこかの女学院に通っていたのかもしれない。山手のフェリス・セミナリィか、それとも東京女高師か……」

鴎外はひとしきり思案してから、「まあいい」と息を吐き、廊下に出た。

「そこの洋服箪笥《ようふくだんす》に、従姉妹が残していった着替《きが》えが入っているはずだ。ほかになにか足りないものがあればフミさんに言いなさい」

「は、はい。あの」

「今日は疲《つか》れたろう？　ゆっくり休むといい」

そう言って鴎外は手を伸《の》ばし、芽衣の頭をくしゅっと撫《な》でた。

「それでは良い夢を。子リスちゃん」

ぱたん、とドアが閉められる。

（行っちゃった……）

急に辺りが静かになり、芽衣はゆっくりとした動作で部屋を見回した。

映画に出てくるような洋館の一室。つい流されるまま、こんなに上等な部屋に泊まることになってしまったが、とにかくいまの自分にとっては幸運以外のなにものでもないのだろう。彼の厚意《こうい》がなければ野宿に甘んじるよりほかはなかったのだ。

窓から見えるのは美しく整えられた庭と屋根の連なり、そして赤い月。

その月をぼんやりと眺《なが》めながら、芽衣はベッドに横たわった。

(私、どうなっちゃうのかな)

考えても答えは出ない。その代わり、思い出すのはあの奇術師《きじゅつし》の言葉だった。

——ここは平成の現代じゃなくて明治の時代なのさ。つまり君は、僕の偉大《いだい》すぎるマジックによって百年以上も昔の時代にタイムスリップしてしまったわけなんだけどね。

その意味を理解しようと反芻《はんすう》するが、やがてまぶたが重くなる。

抗《あらが》いようのない強い睡魔《すいま》に搦《から》め捕られ、芽衣は静かに意識を手放していく。

(そうだ、お礼を言いたかったのに。助けてくれてありがとうって、鴎外さんに……)

明日、起きたらちゃんと言おう。

もしこれが夢ではなかったら、お礼を言って、それから、それから。

(会わなくちゃ……チャーリーさんに……)

あやふやになる意識の中、どこか遠くで祭《まつ》り囃子《ばやし》を聞いたような気がした。陽気な笛の音と不規則な太鼓《たいこ》のリズム。しゃらん、しゃらんと鈴《すず》が鳴る。

蘇《よみがえ》るのは、群青《ぐんじょう》の夜空に浮《う》かぶ赤い満月。

学校からの帰り道、あの祭り囃子に誘《さそ》われた。まるで神様が急ごしらえで作ったかのような、禍《まが》い物みたいな月の下で。

(……ああ、そうだ……私はあの夜……)

あの夜、芽衣は同級生の友人たちと他愛《たあい》ない話をしながら歩いていた。

午後の数学の授業はやたらと眠《ねむ》かったとか、購買《こうばい》のカレーパンは辛《から》すぎるとか、駅前にオープンしたばかりのショップの話とか。

世の中には安くてかわいい服がたくさん溢《あふ》れていて、学生である自分たちのお小遣《こづか》いでもなんとか流行《りゅうこう》を追うことはできるけれど、「やっぱりなんか違《ちが》うんだよね」と友人のひとりは言った。

「壁が真っ白な明るいお店の中で見るとさあ、どんな服もすっごくかわいいなーって思うでしょ？　でも家に帰って着てみると、なんかそうでもないっていうか、思ったほどかわいくないっていうか。なんなんだろうね、あれ」

まるで魔法《まほう》が解けたみたいに冷めるんだよ。お店で服を選んでいる時は最高に楽しかったのに。そうぼやく友人の隣《となり》で、芽衣はぼんやりと空を見上げていた。

(……なんか、不吉《ふきつ》だなあ)

心がざわめき、どこか落ち着かないのはこの月のせいかもしれないと芽衣は思った。コンクリートの歩道も、揺《ゆ》れる街路樹も、コンビニの看板も、赤い満月の下では輪郭《りんかく》がおぼろげに滲《にじ》んで曖昧《あいまい》で、どれもハリボテみたいに現実味がなくて。

するとその時、一陣《いちじん》の風と共に祭り囃子が聞こえてきた。

（お祭り？）

お喋《しゃべ》りに夢中な友人たちは、近寄ってくる祭りの気配に気を留めようとはしない。ただひとり、芽衣だけが祭り囃子に耳を澄《す》まし、友人たちとは違う方向へと足を向けていた。

やがて公園が見えてきた。建ち並ぶビルにぐるりと囲まれたその空間に、駆《か》け足でやって来た子供たちが次々と吸い込まれていく。

「さあ、お立ち会いお立ち会い！」

いつしか芽衣は、人混《ひとご》みの中にいた。

焼きとうもろこしにりんご飴《あめ》、綿菓子《わたがし》やヨーヨー釣《つ》り。ずらりと夜店が並ぶ広場の真ん中で、鉢《はち》巻《ま》きを締《し》めた袴姿《はかますがた》の男が、日本刀を振《ふ》り回しながら芝居《しばい》がかった口調で観客を煽《あお》っている。

「手前ここに取り出《いだ》したる陣中膏《じんちゅうこう》はこれ、ガマの油。ガマと言ってもそんじょそこらのガマとは物が違う！　この油の効能は、あかぎれにしもやけ、大の男が七転八倒《しちてんばっとう》する虫歯の痛みもピタリと止め……」

かたわらに置かれた看板には蛙《かえる》の絵と「ガマの油」なる文字が書かれていた。

説明によると、どうやら江戸《えど》時代から伝わる軟膏《なんこう》の実演販売《はんばい》らしい。そのなめらかな口上と大仰《おおぎょう》な立ち振る舞《ふ》《ま》いに引き寄せられたのか、あっというまに黒山の人だかりができていた。

「ハイご通行中の皆様《みなさま》、容貌奇妙《ようぼうきみょう》にして珍妙《ちんみょう》なるこの娘《むすめ》、親の因果が子に報《むく》い、生まれ出たるは蛇《へび》女！　見なきゃソンソン短気はソン気、お代は後でけっこうだよ、ハイ入った入った〜！」

ガマの油売りに負けじと声を張るのは、怪《あや》しげな小屋の前に立つ男だ。

大きな看板には、緑の鱗《うろこ》で覆《おお》われている不気味な女の絵が描《えが》かれている。いわゆる見せ物小屋というやつだ。

どうせ中身は子供騙《こどもだま》しだろうとわかっていても、なぜか騙されてみたくなる。むしろ騙されなければ損だと思わせる祭りならではの高揚感《こうようかん》に、芽衣はすっかり魅入《みい》られていた。

「さあ寄ってらっしゃい見てらっしゃい、西洋奇術博士が贈《おく》る世紀の大奇術ショーだよ〜！」

さまざまな大道芸人たちが祭りを賑《にぎ》わす中、ひときわ大きな人だかりを作っている男。

臙脂色《えんじいろ》の燕尾服《えんびふく》に身を包んだ、いかにもマジシャンといった風貌《ふうぼう》の彼は、シルクハットを脱《ぬ》いで観客たちにうやうやしく一礼した。片眼鏡《かためがね》を装着した目が、きゅっと細くなる。

「ご覧頂きますこの箱、実は入れたものすべてをこの世から消してしまうという摩訶不思議《まかふしぎ》な箱にございます。象、飛行機、戦車、なんでも消してご覧にいれましょう。さあどなたか、自家用ジェットをお持ちの方はいませんか？　今日はインドから象に乗ってやって来たという方は手を挙げて！」

飄々《ひょうひょう》とした奇術師の口上に、どっと笑い声が湧《わ》いた。

「おや、象に乗って来た方はいらっしゃらない？　……え？　徒歩で来た？　どうやら今夜のお客様はとびきり貧乏《びんぼう》……もとい、庶民的《しょみん》でいらっしゃるようで……えーコホン、では今夜は趣向《しゅこう》を変え、ここにいらっしゃるお客様おひとりを消してご覧にいれましょう！」

連なる提灯《ちょうちん》が風に揺れ、祭り囃子は激しさを増す。やがて彼は妖《あや》しい微笑《ほほえ》みを浮かべ、観客に向かって指をさした。

「ハイ、そこのかわいらしいお嬢《じょう》さん！」

周囲の人々の視線が、一斉《いっせい》に芽衣へと集中した。

なぜみんなが自分を見ているのか、にわかに理解できず芽衣は狼狽《ろうばい》した。そして拒否権《きょひ》もないままに、人々に背中を押されるようにして気づいたら芽衣は即席《そくせき》の舞台《ぶたい》に立たされていた。

「さあこちらの気の毒なお嬢さん、箱に入るとあら不思議、ワタクシが三秒数える間にこの世から綺麗《きれい》さっぱり消えてしまいます！」

たちまち沸き上がる歓声《かんせい》と拍手《はくしゅ》。

「お嬢さん、心の準備はできたかな？　準備ができたら箱の中へどうぞ！」

よりにもよって自分を指名した奇術師が恨《うら》めしい。もともと目立つことが苦手な芽衣は、不本意な思いを抱《かか》えながらも、しぶしぶ黒い箱の中に潜《もぐ》り込んだ。

（……このマジックが終わったら、早く家に帰ろう）

やはり寄り道などするものではないと、後悔《こうかい》しても遅《おそ》い。いまは一刻も早く、この状況《じょうきょう》をやり過ごさなければ。マジックさえ終われば家に帰れるのだから。

「勇敢《ゆうかん》なお嬢さんの運命やいかに！　見事成功いたしましたらご喝采《かっさい》！」

ギギ、と鈍《にぶ》い音を立てながら箱の蓋《ふた》が閉まる。視界は完全なる闇《やみ》。外部から遮断《しゃだん》されたことによって祭りの喧噪《けんそう》が遠ざかり、箱の中に密《ひそ》やかな静寂《せいじゃく》が舞い降りた。

「では参りましょう！　さあ皆《みな》さん、ご一緒《いっしょ》に！」

芽衣は膝《ひざ》を抱え、目を閉じる。

家に帰ったら夕ご飯を食べて、お風呂《ふろ》に入って宿題を片付けて、それから、それから。

「3！」

それから友達にメールして、時間があれば小説の続きを読んで。

「2！」

あとは深く眠るだけ。その前に、目覚まし時計をセットするのを忘れずに。

「1！」

忘れずに、深く。深く――。

第三章　偽《いつわ》リノ婚約者《こんやく》

翌日、芽衣は「ドン！」という轟音《ごうおん》で目が覚めた。

目が覚めたというよりは、その大砲《たいほう》を撃《う》ったような音に驚《おどろ》いて飛び起き、勢い余ってベッドから転げ落ちたのだ。そして半分寝《ね》ぼけた頭のまま部屋を飛び出し、階段を駆け下り、ひんやりとした板の間の廊下《ろうか》を走ってたどり着いたのは昨日通されたサンルームだった。

「い、いま、ドンって！　なんか撃たれましたけどっ？」

「は？」

サンルームには春草がいた。ひとり掛《か》けのソファーに座っていた和装姿の彼は、柔《やわ》らかそうな前髪《まえがみ》を物憂《ものう》げにかき上げる。やがて新聞から顔を上げて、形のいい眉《まゆ》をわずかにひそめた。

「君、いま起きたの」

「は、はい、それよりも敵が攻撃《こうげき》を……」

言いかけて芽衣は、はたと動きを止める。

（あれ？）

砲撃《ほうげき》を受けたというのに、春草は至極《しごく》落ち着いた様子で芽衣を見ている。室内には壁《かべ》一面の窓から日が燦々《さんさん》と差し込み、庭で戯《たわむ》れる小鳥たちの囀《さえず》りが穏《おだ》やかな風情《ふぜい》を醸《かも》し出していた。

絵に描いたような平和な光景を前に、芽衣は首を傾《かし》げた。と同時に、寝ぼけていた思考がだんだんと明瞭《めいりょう》になっていく。

「すみません、なんか……寝ぼけてたみたいで、いろいろ勘違《かんちが》いを……」

「だろうね」

「でもいま、大きな音がしましたよね？」

「午砲《どん》だよ。正午を知らせる空砲《くうほう》。なに、そんなことも忘れちゃったの」

呆《あき》れたように春草は答えた。正午を知らせる空砲？　目をこすりながら柱時計を見やると、

「ああっ！」

時計の針はぴったりと正午を示している。何度目をこすっても事実は変わらない。つまり自分は、他人の家で昼まで爆睡《ばくすい》していたということになる。

なんとまあ、あつかましい。芽衣はその場に立ち尽《つ》くしたまま、ため息を漏《も》らした。

(そっか……昨日のことも、やっぱり夢じゃなかったんだ)

脳裏《のうり》に蘇《よみがえ》る昨夜の一連の出来事は、残念ながらすべて現実だったようだ。見知らぬ土地で見知らぬ人に出会い、見知らぬ屋敷《やしき》で一夜を明かした自分がいまここにいる。記憶《きおく》は相変わらず曖昧《あいまい》なままで、その事実が芽衣自身をなによりも失望させていた。

「叫《さけ》んだり落ち込んだり、忙《いそが》しいところ悪いんだけどさ」

　すると呆然《ぼうぜん》としている芽衣に、春草が声をかける。

「その格好、どうにかならないの」

「え？　……あ、そうだ！」

　昨夜は着替《きが》える気力もなく、制服のまま眠《ねむ》りについてしまったのだ。髪《かみ》はぼさぼさだしブラウスは皺《しわ》だらけだし襟元《えりもと》のリボンは取れかかっているしで、窓に映る自分の姿はとにかくひどいありさまだった。

「見苦しいから着替えなよ。鴎外さんが仕事から帰ってくるまでに」

「…………」

　見苦しいとまで言われてしまった。実際そのとおりなのだが、この春草という人は昨日からなかなかどうして容赦《ようしゃ》のない視線や物言いをぶつけてくれる。

（そういえば鹿鳴館で、会って早々に『珍妙』とか言われたよね）

　同じ制服仲間だったというのに、あれにはけっこう傷ついたのだ。

「あの、そんなにこの格好、ヘンですかね」

「ヘンだよ」

　即答《そくとう》だった。

「みっともなく脚《あし》なんか出して、もしかして自分では洒落《しゃれ》ているとでも思ってるの。だとしたらとんだ見当違《けんとうちが》いだ。君のその珍妙《ちんみょう》な格好に比べたら、獅子舞《ししまい》のほうがまだ慎《つつ》ましやかで奥ゆかしく思えるよ」

芽衣はぽかんと口を開けた。無口な青年がようやく大量に喋《しゃべ》ったと思ったら、まさか獅子舞と比べてくるとは予想だにしていなかった。

「でも、これぐらい短いのなんて普通《ふつう》だし」

「普通じゃないだろ、どう考えても。一体どこで買ったの、その腰巻《こしま》き」

「腰巻きって……。普通にスカートって言ってください」

「すかあと？」

気のせいだろうか。春草の目が、「すかあと」の説明を求めている気がした。

「……スカートはスカートですよ。ミニスカートとかマキシスカートとか」

「みにすかあと？　なにそれ」

「っ!?」

冗談《じょうだん》を口にするタイプではなさそうなので、おそらく彼は真面目《まじめ》に尋《たず》ねているのだろう。

（ミニスカート、知らないんだ。……知らないっていうか）

そこで芽衣は、あるひとつの決意を固めた。昨日からなんとなく曖昧なままにしておいた不可解なる現実に、いよいよ焦点《しょうてん》を合わせようという気になったのだ。

「……春草さん。その前に、ひとつ聞きたいんですけど」

「は?」

彼は、じわじわと歩み寄ってくる芽衣を怪訝《けげん》そうに見つめる。

「いまって、明治時代なんでしょうか?」

単刀直入にそう尋ねると、春草の眉間《みけん》がぐぐっと狭《せま》くなった。そしてさらに呆れた様子で、

「だからなに。君、ふざけてるの?」


矢絣《やがすり》の着物に海老茶色《えびちゃ》の袴《はかま》。クローゼットの中にしまってあったその和装セットは、鴎外の従姉妹《いとこ》が嫁入《よめい》り前に着ていた品らしい。

芽衣は春草に強く勧《すす》められるまま、ひとまず制服を脱《ぬ》いでその袴に着替えることにした。この時代の人間が和装の着付けに不慣れなどありえないことらしく、袴を前にして途方《とほう》に暮れている芽衣に対し、森家の奉公人《ほうこうにん》であるフミは理解不能といった面持《おもも》ちになりながらも手を貸してくれたのだった。

姿見に映る和装姿の自分は、なんだか他人のようにも見える。

肩《かた》まで伸《の》びた髪をハーフアップにまとめた赤いリボン。大学生が卒業式に着るような袴はとてもかわいいと思うけれど、粗雑《そざつ》に動けばすぐに着崩《きくず》れてしまうし、意外と重量もあるので着《き》心地《ごこち》がいいとも言えなかった。

(ここは……本当に現代じゃないんだ)

さっき春草が読んでいたのは明治の元号が入った新聞だった。思わず卒倒《そっとう》しかけた芽衣だったが、それは始終まとわりついていた違和感《いわかん》からようやく解放された瞬間《しゅんかん》でもあった。

ここはコンビニもファミレスも電車もミニスカートもまだない、明治時代。

電気は一部の商業施設《しせつ》や家庭にのみ供給されているような段階で、いわゆる庶民《しょみん》のライフラインは江戸《えど》時代からそれほど大きな変化はない。炊事《すいじ》洗濯《せんたく》は井戸《いど》水《みず》を使い、炭でかまどのご飯を炊《た》き、夜になれば石油ランプで灯《あか》りを採《と》る。

人々の足となるのは主に人力車と馬車、そして馬車鉄道。日が落ちれば街にガス灯がともり、欧化《おうか》政策の一環《いっかん》として建てられた鹿鳴館には上流階級の紳士《しんし》淑女《しゅくじょ》たちが夜な夜な集《つど》う。

そして芽衣をこの時代に飛ばした張本人は――奇術師《きじゅつ》チャーリー。

一晩経《た》って、ようやくあの祭りでの出来事を思い出した。軽い気持ちで奇術ショーに参加したつもりが、なぜ現代から明治時代に飛ばされるはめになったのか。そう怒りとともに疑問をぶつけたかったが、肝心《かんじん》の本人は鹿鳴館から姿を消してしまったのだ。

(こんな話、誰《だれ》が信じてくれるって言うんだろ)

私は平成の時代にいた人間で、なにかの手違《てちが》いで過去に飛ばされてしまったんです——ただでさえ記憶をなくして不審《ふしん》なオーラをまとっているというのに、これ以上怪《あや》しい身の上話を追加するのはいかがなものか。間違《まちが》いなく頭のおかしい子だと思われるのがオチだと判断した芽衣は、ひとまずその事実は口外しないでおくことに決めたのだった。


「やあ、着替えたのかい。なかなか似合うではないか」

着替え終わってから一階に下りると、ちょうど鴎外が帰宅したところだった。芽衣の和装姿を見るなり、彼はにっこりと口角を上げる。

「一瞬《いっしゅん》、従姉妹が出戻《でもど》ったのかと錯覚《さっかく》してしまったよ。着物の寸法も合っているようでなによりだ。……まあ僕としては、昨日の洋装も捨てがたかったのだけどね」

「やめてください。あんな女唐服《めとうふく》」

サンルームから出てきた春草が口を挟《はさ》む。

「あんな破廉恥《はれんち》な格好で近所を出歩かれたら醜聞《しゅうぶん》が立ちます。森家に変質者がやってきたと思われますよ」

「はは、好きに思わせておけばいい。どんな装いをしようが個人の自由は尊重されるべきだ。仮に褌《ふんどし》一丁でも他人に文句を言われる筋合いはないと思うが？」

「……鴎外さんは自由すぎるんです」

やれやれといった様子で、春草はため息をつく。

(はれんち、かあ)

いまとなっては、春草がミニスカートに対して拒否《きょひ》反応を示したのも納得《なっとく》がいく。彼だけではなく、鹿鳴館で芽衣に職務質問してきた警察官の反応もだ。洋服が浸透《しんとう》していない時代で脚を出すなど、まさに「珍妙」かつ「破廉恥」としか言いようのない愚行《ぐこう》なのだろう。

「ところで、一晩経ってみてどうだい？　なにか思い出したことは？」

鴎外に尋ねられ、芽衣は静かに首を振《ふ》った。

「ふむ。やはりそううまくはいかないか。まあ焦《あせ》ることはない、ゆっくり様子を見ていきなさい。記憶《きおく》が戻るまではこの屋敷《やしき》に滞在《たいざい》してもかまわない」

「えっ？　……いいんですか？」

「もちろん」

鴎外は鷹揚《おうよう》に頷《うなず》いた。

「昨日も言ったが、我が家には部屋が余っている。居候《いそうろう》がひとりから二人に増えたところで、

なんら問題はないのだよ」

問題なくはない、と思う。犬や猫《ねこ》ではないのだから、増えた分の負担は少なくないはずだ。

しかし頼《たよ》れるあてのない芽衣には、彼の提案は渡《わた》りに船だった。昨夜は誘拐《ゆうかい》犯ぐらいに思っていた人の世話になるのも、我ながら現金だとは思うのだが。

「あの、ありがとうございます。私、なるべく早く思い出せるようにがんばります。お世話になるお礼に、掃除《そうじ》や料理や洗濯《せんたく》もしっかりお手伝いさせてください」

「ほう？　まあ好きにするといい。それよりももう一時だ。我々はいち早く体内に滋養《じよう》を取り込まねばならない」

鴎外は芽衣と春草を交互《こうご》に見て、大きく手を広げた。

「というわけで本日の昼餉《ひるげ》は、豪勢《ごうせい》に外食といこうではないか！」

――外食。

その単語に反応して、たちまち芽衣のお腹《なか》が鳴り始めた。思い返せば昨日からほとんど食べ物を口にしていないのだ。

と同時に、これはチャーリーを探すいい機会だと思った。

鹿鳴館から逃げ出したあの男の消息を、なんとしてでも掴まなければ。

「で、なにを食べに行くんですか」

「こら春草、僕に聞くんじゃない。こういう場合は女性の意見を優先させるのが紳士《しんし》のマナーというものだ。……さあ子リスちゃん、なにか食べたいものはあるかい？　寿司《すし》でも鰻《うなぎ》でも、好きなものをご馳走《ちそう》しよう。それとも築地精養軒《つきじせいようけん》の西洋料理はどうだろうか。鶏肉《とりにく》製のスウプに鯛《たい》の西洋風蒸《む》し焼き、それにオムレツライスというのも悪くない」

「ええと……」

なにやら食欲《しょくよく》をそそるメニューをずらりと羅列《られつ》された。すると春草が、ふうと息を吐《は》く。

「昼餉に築地精養軒なんて大げさですよ。俺は近所の蕎麦屋《そばや》で十分です」

「だから春草、おまえに聞いているわけではないのだよ。まったくおまえという男は、女性に対する繊細《せんさい》な気遣《きづか》いというものが足りない。そのくせ描《か》く絵は繊細なのだからなあ、人間とは実に不可思議な生物だ」

嘆《なげ》かわしそうに鴎外は天を仰《あお》いだ。そんな二人に、芽衣はおずおずと声をかける。

「私も、そんな高級なものじゃなくていいんです。もう牛丼《ぎゅうどん》とかでぜんぜんいいので」

「ぎゅうどん？　ああ、牛肉が食べたいのかい？」

芽衣のリクエストに、鴎外は晴れやかな笑顔《えがお》を浮《う》かべた。

「牛肉といえば日本橋《にほんばし》『いろは』の牛鍋《ぎゅうなべ》だ。よし、さっそく俥屋《くるまや》を呼ぼう」

彼はそう頷くなり、すたすたと外に出て行ってしまった。

芽衣はぱちぱちと目をしばたたかせる。——日本橋？　いろは？

「え、でも、牛丼といえば吉野《よしの》……」

と言いかけた芽衣を、春草はじろりと見やる。

「牛鍋なんて、贅沢《ぜいたく》な奴《やつ》」

「へっ？」

彼はふいと視線を逸《そ》らし、草履《ぞうり》を履《は》いて玄関《げんかん》を出て行ってしまう。取り残された芽衣は呆然《ぼうぜん》としたまま、去りゆく背中を見つめることしかできなかった。

（なんで？　なんで贅沢なの？　牛丼はB級グルメの王様なのに……！）


鉄鍋《てつなべ》の上で、鮮《あざ》やかな赤身の肉がじゅうじゅうと音を立てる。肉から溶《と》け出した脂《あぶら》が長ネギに絡《から》まり、見るからに香《こう》ばしそうな焼き色をつけていく。やがて鉄鍋に割り下が流し込まれて甘辛《からから》い濃厚《のうこう》な匂《にお》いが辺り一帯を漂《ただよ》うまでの、その至福な時の流れを、芽衣はうっとりとした表情で見守っていた。

（なんておいしそうな……）

牛丼。ではなく、牛鍋。

鴎外に連れられて来たのは、日本橋にある「いろは」という牛鍋専門店だった。

芽衣が想像していたカウンターのみの牛丼屋とはなにもかもが異なり、外観は高級な割烹《かっぽう》料理店といった風情《ふぜい》だ。店先の赤いのれんには「牛肉」と大きく書かれ、座敷《ざしき》の客席に面した窓にはなぜか色とりどりのステンドグラスがはめ込まれている。

春草の話によると、どこの牛鍋屋の窓にもだいたい似たようなステンドグラスが施《ほどこ》されているらしい。暖かい昼下がりの陽気の中、三原色のガラスを透過《とうか》した光の欠片《かけら》が、畳《たたみ》の上にきらきらと万華鏡《まんげきょう》のようなモザイクを映していた。

「さあ、たくさん食べなさい。足りなければその都度追加するといい」

「いただきます！」

鴎外のゴーサインが出たと同時に、芽衣は鉄鍋へと箸《はし》を伸《の》ばした。

品書きには「並等」と「上等」の二種類のランクがあり、鴎外が気前よく後者の肉を注文してくれたのだ。ひと口咀嚼《そしゃく》すると、割り下の甘みが舌に乗り、続いて赤身ならではの滋味《じみ》豊かな味わいが口内に広がっていく。味付け自体は、すき焼きとほぼ同じと言っていいだろう。

「どうだい？　口に合うだろうか」

「おいしい！　です！」

芽衣は深々と頷いた。その隣《となり》では春草が冷ややかな視線を送りながら、

「君、牛肉好きなんだ」

「はいっ。牛肉というか、肉全般《ぜんぱん》が好きなんですけど。その中でも特に牛肉が」

「へえ、すごいね。記憶喪失《きおくそうしつ》のくせに、自分の好物は覚えてるなんて」

「…………」

嫌《いや》みっぽく聞こえたのは気のせいだろうか。しかし彼の言う通りではあるのだ。自分に関して唯一《ゆいいつ》覚えている情報が名前と好物だなんて、なんだかなあという気分になる。

(図々《ずうずう》しい奴だって思われてるんだろうな)

屋敷に招かれて早々に居候を決め込んだあげく、ちゃっかり牛鍋なる料理をご馳走になっているこの状況《じょうきょう》はかなり図々しいと自分でもよくわかっている。それに明治時代では、牛肉料理はファストフード感覚で食べられるものではないのかもしれないと、いまになってようやく悟《さと》った芽衣だった。

「……あのう」

鴎外が肉を追加注文している隙《すき》に、隣に座る春草にこっそりと耳打ちした。

「この牛鍋って、いくらぐらいするものなんですか？　きっと高いんですよね」

「そりゃあ高いよ。上等なら五銭もする」

「ご、五千円っ？」

「違《ちが》う。五千圓《えん》じゃなくて五銭。……というかさ、普通《ふつう》に考えたら五千圓もするわけないだろ。この店ごと買ってもお釣《つ》りがくるよ」

この常識知らず、という目で見られてしまった。

（あ、そっか。五銭ね）

そう、貨幣《かへい》価値も現代とは異なるのだ。しかし五銭が高いと言われてもピンとこない。現代の価値に換算《かんさん》すると果たしていくらになるのだろう？

「おや、浮かない顔だね。もうお腹がいっぱいになってしまったのかい？」

鍋《なべ》に肉を追加しながら、鴎外は顔を覗《のぞ》きこんできた。

「いえ……こんなに親切にしてもらっていいのかなって思ったんです。昨日会ったばかりなのに、なんだか申し訳なくて」

申し訳ないと思いつつも、芽衣は煮《に》えた肉をただちに自分の小皿へと引き上げた。火が通りすぎて固くなってしまった肉ほど悲しいものはない。

「はは、なるほど。しかし恐縮《きょうしゅく》する必要はないよ」

鴎外もにこやかに、肉が煮えたそばから次々と芽衣の小皿に移していく。

「僕はね、ただかわいいお嬢《じょう》さんに感謝されたいだけなのだよ。だから恐縮などしなくていい。恐縮する暇《ひま》があったら、どんどん肉を食べてどんどん僕に感謝すればいい」

「……はい？」

芽衣は思わず箸を止めた。

「おまえはいま、猛烈《もうれつ》に感謝したい気分になっているだろう？　なにせ僕は、おまえを怖《こわ》い警察官から救い出し、寝床《ねどこ》を提供し、さらには上等の牛鍋まで食べさせているのだ。ここまでされて感謝したくならないはずがない」

「はあ」

「さあ、もっと食べなさい。これから嫌というほど恩を売らせてもらうつもりだから覚悟《かくご》してくれたまえ」

「はあ……」

覚悟してくれ、と言われても。

「ありがとうございます」

もうすでに十分感謝しているので、芽衣はいったん箸を置いてから鴎外にぺこりと頭を下げた。するど彼は目を細め、

「惜《お》しい。実に惜しいなあ」

「？」

「ありがとうございます、ご主人様。……だろう？」

とたんに戦慄《せんりつ》が走った。

芽衣は硬直《こうちょく》したまま鴎外を凝視《ぎょうし》する。その優《やさ》しい笑みを浮かべた口元から、いま何気なくとんでもない発言が飛び出したような気がするのは気のせいか。

「いや、ご主人様ではなく、ここは我が家にも欧化《おうか》政策を取り入れるべくマスタァと呼ばせるべきだろうか？　しかし前者に比べると、言の葉としての情緒《じょうちょ》に欠けるのは否《いな》めない。これは実に悩《なや》ましい問題だ。なあ春草？」

「冗談《じょうだん》がすぎますよ、鴎外さん」

悩める主を、春草がさらりとたしなめた。

そうか、冗談だ。ようやく金縛《かなしば》り状態から解けた芽衣だったが、

「うーん、冗談ではないのだけどなあ」

鴎外が追い打ちをかける。

芽衣はいまさらながら、えらいところにお世話になろうとしているのではないかと思い始めた。けれど、後悔《こうかい》するにはなにもかもが遅《おそ》すぎる。すでに後には引けないくらい大量の肉を食べてしまっていたからだ。

「本気にしなくていいから」

ささやかな声で春草が耳打ちした。

「この人、少し変わってるだけだから。気にしなくていい」

芽衣は、軽い驚《おどろ》きとともに頷《うなず》いた。

無表情で無感情に見えた春草が、すばやく鴎外のフォローに回ったのは意外だった。そういえばこの二人はどういう関係なのだろう？　親族というわけでもなさそうだし、友人同士と呼べるほど馴《な》れ合った雰囲気《ふんいき》もない。

「鴎外さんは、陸軍のお医者さん……なんでしたっけ？」

ご主人様論争から話題を逸《そ》らすべく、尋《たず》ねた。確か彼は、鹿鳴館で警察官から「陸軍一等軍医」と呼ばれていたような気がする。

「ああ。普段《ふだん》は牛込《うしごめ》の陸軍軍医学校で衛生学を指導している。たまに春草の通う東京美術学校で、美術解剖学《かいぼう》の臨時講師を務めることもあるのだけどね」

衛生学と美術解剖学。よくわからないけど、なんだか難しそうな内容だ。

「あれ？　でも森鴎外って小説家だったんじゃ」

心の中でつぶやくつもりが、つい声に出てしまい、芽衣は慌《あわ》てて手で口を押さえる。しかし鴎外は満足そうに反応した。

「いかにも、昼は外勤だが夜は自宅で文筆活動に勤《いそ》しんでいるのだよ。だがまさか、子リスちゃんのような若いご婦人が僕の仕事を知っているとはなあ。小泉くんのことといい、おまえの博識ぶりにはつくづく驚かされる」

いえそんな、と芽衣は曖昧《あいまい》な表情を作った。

それにしても軍医であり美術学校の臨時講師でもあり、文筆家という肩書《かたが》きをも持つなんて、かなりの才人だ。素直《すなお》に尊敬してしまう。

「あ、じゃあお二人は、その東京美術学校っていうところで知り合ったんですね？」

「違う」

春草は即座《そくざ》に否定した。

「鴎外さんが東美の臨時講師になったのは、ただの偶然《ぐうぜん》。俺が森家に下宿を始めたのは、その前からだよ」

「？　そうなんですか？」

「はは、ずいぶんと懐《なつ》かしい話をするではないか」

鴎外は箸《はし》を置き、茶を飲んでからくすくすと笑う。

「子リスちゃん。この男はね、外で猫《ねこ》を見かけると口説かずにはいられない習性があるのだ。ふふ、実に変わった男だろう？」

「は？　猫を……？」

芽衣はゆっくりと春草に視線を移した。鴎外の言葉の意味がいまひとつわからない。

「……鴎外さん。誤解を招くような言い方はやめてください」

「誤解もなにもなかろう？　おまえが一年前、僕の屋敷《やしき》の前で熱烈《ねつれつ》に猫を口説いていたのは厳然たる事実ではないか。『俺は君の美しさを永遠のものにしたい！』だの、『ああなんと完ぺきな前肢《ぜんし》と尻尾《しっぽ》！』だのと、実に情熱的な求愛を披露《ひろう》していたように記憶《きおく》しているが？」

「俺の記憶にはありません」

「おやそうかい。僕はそんなおまえを見て、現代にシェイクスピアが蘇《よみがえ》ったと感嘆《かんたん》したものだったよ。これは愉快《ゆかい》な男が現れたと思ってね、つい声をかけてしまったわけだが」

「ああ、そのあと散々な目に遭《あ》ったことだけは覚えています。鴎外さんの家でお茶をご馳走《ちそう》になったまではよかったものの、六時になったとたんいきなり裸《はだか》に」

「は、裸？」

芽衣は鴎外に視線を移した。彼は「だからなんだ」というような顔で、実に堂々としている。むしろ誇《ほこ》らしげだ。

「自分の家なのだから、どんな格好でいたって構わないではないか」

春草はがっくりと頭《こうべ》を垂れた。

「客人の前でしていい格好ではないです」

「そう言われても困る。僕はね、決めた予定を時間どおりに遂行《すいこう》しなければ気が済まないタチなのだよ」

「ですから、その予定に俺を巻き込まないでくださいと何度も何度も」

「あ、あのっ」芽衣は慌てて二人の間に割り込んだ。「猫とか裸とか、話がよく見えないんですけど、どういうことなのかな、なんて」

「……いまにわかるよ、きっと」

「ははっ、そのうちわかるだろう」

二人して同じタイミングで同じ反応を返してきた。

なぜだろう。どちらかというと、あまりわかりたくないと思う自分もいた。……「猫」はまだしも、「裸」は特に。

(要するにこの二人は道端《みちばた》で意気投合して、それがきっかけで同居するようになったってことなのかな)

奇妙《きみよう》な話だが、人と人との出会いはどんなかたちで巡《めぐ》ってくるかわからないものだ。昨日出会ったばかりの彼らと牛鍋《ぎゆうなべ》を囲んでいるこの状況《じようきよう》も例外ではなく。

牛鍋に舌鼓《したつづみ》を打ち、存分に空腹を満たした三人は「いろは」を出た。

昼下がりの日本橋は活気づいている。人や人力車の行き来も激しく、大通りには行商人たちが軒《のき》を連ねて商《あきな》いに勤しんでいた。食料品から生活雑貨に至るまで、ありとあらゆる物が売られている光景が珍《めずら》しくて、芽衣はついついキョロキョロとしてしまう。

（これが明治の街……。なんだか時代劇の中にいるみたい）

行き交《か》う人々のほとんどが和装だ。たまにスーツ姿で帽子《ぼうし》と丸眼鏡《まるめがね》を合わせている男性も見受けられるが、女性に関してはほぼ全員着物姿だと言っていい。それも紺《こん》やグレーの地味な色味ばかりだ。芽衣は改めて、あの鹿鳴館は上流階級の人々による特殊《とくしゅ》な場所であり、浮《う》き世離《ばな》れした非日常の空間なのだということを理解した。

昨夜は暗かっただけでなく、とてもではないが街の景色を楽しむ場合ではなかったが、一晩経《た》ったいまではこうして周囲を観察する余裕《よゆう》もある。高層ビルに視界を阻《はば》まれない空は広く、風《ふ》が吹くと土埃《つちぼこり》が舞《ま》い、そのたびに芽衣は着物で口元を覆《おお》わなければならなかった。現代とは違《ちが》い、道路がコンクリートなどで舗装《ほそう》されていないからだ。

「わ、大きな橋ですね」

川にかかるたいそう立派な木製の橋を指さすと、「あれこそが日本橋だよ」と鴎外は説明してくれた。

「頑丈《がんじょう》そうに見えるだろうが、災害にはめっぽう弱くてね。これまで何度架《か》け直したかわからない。はて、この橋は何代目だっただろうか。十七代目か十八代目か……」

彼は首を傾《かし》げた。ということは、きっとこの橋も現代には残っていないのだろう。そもそも現代の日本橋は木製ではなく石造りだったような気もする。

「さて、このまま子リスちゃんと東京デエトを楽しみたいのはやまやまだが、僕はこのあと来客があるので帰宅しなければならない。というわけで春草」

「無理です」

話を振《ふ》られたそばから春草は即答《そくとう》した。

「学校の課題がまだ残っているので、鴎外さんの代わりに彼女の観光案内役を務めることはできません」

「おや、いけずな男だなあ。おまえたちは年も近そうだから仲良くやれると思ったのだが」

「人間の相性《あいしょう》に年齢《ねんれい》は関係ないと思いますけど」

「おまえもなかなか言うようになってきたではないか。やれやれ、一体誰《だれ》の影響《えいきょう》だか」

鴎外は苦笑いを浮かべ、芽衣を見た。

「では、子リスちゃんも帰るかい」

「……私、もう少しだけ散歩を続けてもいいでしょうか？　もしかしたら歩いているうちに、なにか思い出すかもしれないので」

芽衣は言った。この東京という街と自分に浅からぬ縁《えん》があるとしたら、歩いているうちに記憶を取り戻《もど》すきっかけが摑《つか》めるかもしれない。

という理由もあるにはあるが、一番の目的は日比谷公園に行くことだった。この時代に飛ばされた芽衣が初めて降り立った場所。そして——あの謎《なぞ》の奇術《きじゅつ》師と出会った場所。

「散歩か。もちろんかまわない。ではこれを持っていきなさい」

そう言って鴎外は、軍服の懐《ふところ》から布製の小物入れのようなものを取り出し、そのまま芽衣へと手渡《てわた》した。どうやら財布《さいふ》のようだ。

「街を移動する時は俥《くるま》を使うといい。ただし、怪《あや》しげな流しの俥夫には気をつけるのだよ。彼らは女性客相手だとわざと遠回りしたり、因縁《いんねん》をつけてきたりするらしいからね」

「え、でも、さすがに悪いです。私なら歩いて帰れますから」

と言いながらも、帰り道の正確なルートなどわかるはずもなかった。現代のように、道路に親切な標識が掲《かか》げられているわけでもなさそうだからだ。

「はは、無茶《むちゃ》を言う子だなあ。いいからそれは好きに使いたまえ。ほかにも必要なものがあれば買い揃《そろ》えておくこと。女性はなにかと物入りだろう」

「じゃ、じゃあ、いつか必ずお返しします、ありがとうございます！」

鴎外は微笑《ほほえ》みで応《こた》えながら、手を挙げて人力車を呼び止め、春草とともに乗り込んでしまう。

「それと、できれば夕方までには帰りなさい。いいね？『朧《おぼろ》ノ刻《とき》』に差し掛《か》かると、ご婦人のひとり歩きはなにかと物騒《ぶっそう》だ」

「お、ぼろ……？」

「夕方から明け方までの時間帯だよ。暗くなると、よからぬことを企《たくら》む物の怪《け》たちに絡《から》まれるかもしれないだろう？」

だろう？　と大真面目《おおまじめ》に言われても戸惑《とまど》う。すると春草がぽつりと言った。

「大丈夫《だいじょうぶ》ですよ。魂依《たまより》じゃなきゃ、物の怪なんて視《み》えません」

「視えないからこそ危険だということもある。なんにせよ、用心するに越《こ》したことはない」

魂依。物の怪。朧ノ刻。不思議な響《ひび》きのする単語が飛び交う。

(魂依は、物の怪が視える……？)

芽衣は小首を傾げたまま、動き出す人力車を見送ったのだった。

日本橋から日比谷は人力車であっという間に着いた。運賃は三銭だと言われ、まごつきながらもどうにか硬貨《こうか》を三枚支払《しはら》い、芽衣は再び日比谷公園へと降り立った。

夜と昼とではまったく異なる景色。のどかな広場には東屋《あずまや》やベンチが点在し、老夫婦《ふうふ》や書生たちが散策に興じている。制服姿だった昨夜とは違い、和装姿の自分が彼らの中に溶《と》け込んでいることを思うと、なんだか妙《みょう》なバツの悪さがあった。

（チャーリーさん、いないのかな）

広大な敷地《しきち》をぐるぐると巡ってみるのだが、あの奇妙な燕尾《えんび》服《ふく》の男を見つけることはできない。そうこうしているうちに日が傾《かたむ》き、夕陽《ゆうひ》が地面を茜色《あかねいろ》に染め上げていく。東の空はすでに群青《ぐんじょう》を帯び始めていた。

（……なんでここに来たら、チャーリーさんに会えると思ったんだろ）

よくよく考えれば、芽衣を明治時代に飛ばした張本人であり諸悪の根源とも呼べるあの男が、再びノコノコと姿を現してくれるとも思えなかった。それどころか、すでに単独で現代に帰ってしまった可能性も考えられる。

後ろ髪《がみ》を引かれながらも、芽衣はとぼとぼと公園の出口を目指した。これ以上帰りが遅《おそ》くなると鴎外に心配をかけてしまう。

（そういえば、夕方から朧ノ刻になるとかどうとか言ってたような……）

ふいに、冷たい風が襟足《えりあし》をすり抜《ぬ》けた。

まばたきをするたびに濃《こ》くなる夕闇《ゆうやみ》。茜色の残滓《ざんし》を含《ふく》んだ雲がたなびく空を、鳥の群れが横切っていく。いつのまにか人の姿はなくなり、芽衣はひとりぼっちで広場の真ん中に佇《たたず》んでいた。

ククッ、と近くで鳥が鳴いた。女の嘲笑《ちょうしょう》にも似たその鳴き声に、ぞわりと肌《はだ》が粟立《あわだ》つ。

早く帰らなければ。足を速めるが、行けども行けども公園の出口にたどり着かない。やがて夜のとばりが降り、湿《しめ》った空気が足元に忍《しの》び寄ってきた時――。

「芽衣ちゃん」

背後から聞こえてきたその声が、芽衣を引き留める。

かすかな安堵《あんど》と驚《おどろ》き、そしてふつふつとこみ上げる怒《いか》り。ない交ぜになる幾多《いくた》の感情とともに、芽衣はゆっくりと振《ふ》り返った。

「やあ、久しぶりだねえ。元気だったかな？」

「チャーリーさん……っ」

派手な燕尾《えんび》服《ふく》に身を包んだ男が、大きな月を背にしてそこに立っていた。初めて会った時と同じ、人畜《じんちく》無害《がい》な笑顔。いまから奇術《きじゅつ》ショーでも始めるかのように大きく手を広げ、シルクハットを取って深々と一礼して見せる。

「うんうん、元気そうでなによりだ。しかし奇遇《きぐう》だねえ。僕もなんとなく、今日は芽衣ちゃんにばったりと会えるような予感がチラホラと」

「って、呑気《のんき》に挨拶《あいさつ》してる場合じゃないんだけどっ……？」

わなわなと震《ふる》える声で、芽衣は少しずつチャーリーに近づいていく。

よくもまあ、そんなふうにニコニコしていられるものだと怒りを通り越《こ》して呆《あき》れてしまう。人をこんなわけのわからない時代に連れて来た上に、鹿鳴館では警察に絡《から》まれるやいなや、芽衣をひとり残してさっさと逃《に》げてしまったあの所業を忘れてやれるべくもなく。

「私を家に帰して！　私をこの時代に連れて来たのはあなたなんだから、帰すことだってできるでしょっ？」

言いたい文句は山ほどあったが、単刀直入に用件をぶつけた。とにかく一刻も早く、この馬《ば》鹿《か》げた状況《じょうきょう》から離脱《りだつ》しないことには話が始まらない。

すると彼は、芽衣の怒気《どき》に押されるどころか、どこか恍惚《こうこつ》とした表情で息を漏《も》らす。

「ああ……相変わらずたまらないな。君のその、真夏に一週間放置したカレー鍋《なべ》の中身を見るような、やり場のない怒りと哀《あわ》れみを混ぜた冷たい視線……」

「……は？」

「いや、なんでも」

チャーリーはすぐにキリリと表情を引き締《し》めてから、肩《かた》をすくめた。

「しかし君、そんなに家に帰りたいんだ？　自分のことなんてほとんど覚えていないのに？」

「それは……」

返事に詰《つ》まる。ご指摘《してき》の通り、家族の顔も友人の顔もろくに思い出せない自分。しかしだからと言って、「帰らなくていい」という思考にはならない。とにかく現代に戻《もど》りさえすれば、家に帰れる手段はいくらでもあるはずだ。

「とはいえ僕も、君を巻き込んでしまった責任を感じないわけではないからね。どうにか現代に戻してあげられるよう、尽力《じんりょく》するつもりではあるけれども、だ」

やはりチャーリーは現代に戻れる方法を知っている。にわかに色めき立つ芽衣だったが、歯切れの悪い物言いが気になった。続きを急かすように睨《にら》みをきかせると、

「ただ、いますぐにというわけにはいかない。いくら僕が稀代《きたい》の奇術師とはいえ、時間を超越《ちょうえつ》するのはなかなかの大仕事なのさ。それなりの準備も必要だし、特定の条件が揃《そろ》わないと成功する確率も極めて低いんだ」

（……準備？　条件？）

そんな話は聞いていない。芽衣は愕然《がくぜん》として彼を見上げた。

「こ、困る……。準備って、なにが必要なの？　いつになったらその条件は揃うの？」

「うーん。はっきりとは言えないけど、それほど先の話じゃないよ。だからその時まで、君は安心していまの生活をエンジョイするといい。はは、明治時代はいいよねえ、現代とは違《ちが》って自然も多いし空気も綺麗《きれい》だし、みんなのんびりとしている。滞在《たいざい》するにはもってこいの時代

だ」

他人事《ひとごと》のように言われ、芽衣は跳《と》び蹴《げ》りしてやりたい衝動《しょうどう》をなんとかこらえた。とにもかくにも、すべては現代に戻ってからだ。仕返しするのはそれからでも遅《おそ》くはない。

「……チャーリーさんはこの時代が気に入ったのかもしれないけど、私は違う。私は現代の人間なんだから、一日も早く帰らないといけないの」

「もちろん、わかってるよ」

にっこりと――でもどこか寂《さみ》しげな笑顔で、彼は頷《うなず》く。

「でもさ、せっかくなんだから楽しんだ方がいいと思わない？　もしかしたら、君がこの時代に来た意味があるのかもしれないし」

――意味？

それこそ言っている意味がわからず、芽衣は首を傾《かたむ》けた。するとチャーリーは、後ろ歩きでゆっくりと芽衣から離《はな》れていく。

「じゃあ、また気が向いたらここにおいでよ。僕もよくこの辺をウロウロしてるから」

「ちょ、ちょっと待って、まだ話は終わってないんだけどっ？」

「おや、まだ話し足りない？　はは、嬉《うれ》しいなあ。僕ももう少し君と一緒《いっしょ》にいたいのはやまやまだけど、帰りが遅くなると心配する人がいるんじゃない？」

そう言われて思い浮《う》かんだのは鴎外の顔だった。チャーリーを追いかけようとしたが、ついその場で踏《ふ》み留まる。

「気をつけて帰るんだよ、芽衣ちゃん。くれぐれも狐《きつね》に化かされたりしないように」

「――え？」

ぱっと顔を上げた。

だがすでに、チャーリーの姿はそこにはない。

まさに奇術のような早技で姿が消え、芽衣はあっけにとられたまま周囲を見回した。どれだけ暗闇《くらやみ》に目をこらしても、どれだけ名前を呼んでも、ただ風の音がむなしく応えるばかりで。

（いつの間に、こんなに暗くなってたんだろ）

チャーリーがいたことで紛《まぎ》らわされていた不安が、じわじわと息を吹《ふ》き返す。

鴎外邸《てい》まで送れとは言わないが、せめて公園の出口ぐらいまでは案内してくれてもよかったのではないだろうか。神出鬼没《しんしゅつきぼつ》にもほどがある。またひとつ言いたい文句が増えてしまった。

（まあチャーリーさんに会えたのは、よかったけど……）

現代に戻る準備とやらが整うのは果たしていつなのか。一ヵ月後か一年後か、結局はっきりとした言質はとれなかった。安心を得るために彼を探したつもりが、会ってみて余計に不安を増幅《ぞうふく》させる結果となってしまったような気さえする。

それでも、きっといつかは本当の家に帰れるのだ。そう自分に強く言い聞かせながら、芽衣は黙々《もくもく》と公園の出口を探し回った。いまはまず、無事に鴎外邸に帰ることが先決で――。

（あ……）

しばらく進むと、前方に人影《ひとかげ》が見えた。

安堵《あんど》した芽衣は、すがるような気持ちでそちらへと走る。

彼――いや彼女は、ぽっかりと浮かぶ朱色《しゅいろ》の月を陶然《とうぜん》と見上げていた。闇夜《やみよ》に溶けてしまいそうな黒い振り袖《そで》に、だらりと垂れ下がる銀地の帯。束髪《そくはつ》を彩《いろど》る珊瑚《さんご》玉の簪《かんざし》。

酩酊《めいてい》したような細い歌声が、風に舞った。

青柳《あおやぎ》の影《かげ》に　誰やらいるわいな
人じゃござんせぬ　朧月夜《おぼろづきよ》の　エ～影法師《かげぼうし》

にわかに声をかけるのが憚《はばか》られたのは、彼女が気持ちよさそうに歌っていたという理由だけではない。ふいに空気の質感が変わったような気がしたからだ。

ゆるやかに身体《からだ》が傾《かし》いでいくような歪《ゆが》みを感じたまま、芽衣は「あの……」と声を出した。

すると彼女はくるりと振り返る。

石膏《せっこう》の如《ごと》く白い肌と鮮《あざ》やかな紅、そして泣きぼくろが印象的な美しい女性だった。その人なつっこそうな笑顔《えがお》に、不穏《ふおん》な空気が若干和《じゃっかんやわ》らぐ。

「アタシになにか用かい?」

「あの、公園の出口はどこでしょう? なんか道に迷っちゃったみたいで」

「アラお気の毒」

彼女がニッと笑うと、真っ黒な前歯が覗《のぞ》いた。

「じゃ、教えてあげてもいいけどサ。その代わり――」

「え?」

にゅるり、と女の首が伸《の》びた。

襟元《えりもと》からどこまでも伸びていくそれはとぐろを巻き、大きく口を開けた顔が芽衣の鼻先でぴたりと止まる。真っ黒に染まった歯がカタカタと音を立て、生暖かい息が頬《ほお》にかかる。

(なに、これ)

いまにも芽衣を呑《の》み込まんとしている大蛇《だいじゃ》のような頭部。その口内に広がる虚《うつ》ろな闇《やみ》を、芽衣はただ呆然《ぼうぜん》としたまま凝視《ぎょうし》していた。

「その代わり、アンタの肉を、食べさせてねェ?」

「…………っっ」

細い舌にぺろりと鼻を舐《な》められた瞬間《しゅんかん》。

「ぎゃ――――ッ！」

芽衣は絶叫《ぜっきょう》し、弾《はじ》かれたようにその場から飛び出した。

（なに、なにあれ、なんなの？）

無我夢中でただひたすらに走る。慣れない草履《ぞうり》のせいで何度も転びそうになりながらも、叫《さけ》び続けながら全力疾走《しっそう》で広場を駆《か》け抜ける。

「アハハ、チョットお待ちよ。ねえったらァ」

「ぎゃあああああぁ！」

「道成寺《どうじょうじ》～、鐘《かね》に誰《だれ》やらいるわいな～、人じゃござんせぬ、安珍《あんちん》、清姫《きよひめ》、エ～蛇《へび》の化《け》身《しん》」

闇夜に響く無邪気《むじゃき》な歌声。やがて決死の思いで公園から脱出《だっしゅつ》するまで、その声は芽衣の鼓膜《こまく》を震《ふる》わせ続けたのだった。


命からがら人力車に乗り込んだ芽衣は、鴎外に説明されたとおりの道順をどうにか俥夫に伝えて神田区小川町の鴎外邸《てい》にたどり着いた。

転がりこむような勢いで玄関《げんかん》へと逃《に》げ込む。ここまで来れば安心だと思いながらも、身体の震えは止まらない。不自然に伸びたあの首の残像が離《はな》れない。そんなただならぬ様子の芽衣を乗せた俥夫は、道中で「ハハッ！　真っ青な顔して、アンタこそ化け物みてえな風情《ふぜい》だぜ」などと軽く笑い飛ばしたが、こちらとしてはちっとも笑うことなどできなかった。

（化け物なんているわけない。……でも、あれはなんだったの？）

思考の処理能力が追いつかない。これは夢だと都合よく片付けたいのはやまやまだが、全身にびっしょりと汗《あせ》をかくほどの恐怖《きょうふ》は本物なのだ。芽衣はふらつきながらも泥《どろ》だらけになった草履と足袋《たび》を脱《ぬ》ぎ、玄関の小上がりを踏《ふ》むと、サンルームの方からばたばたと駆けてくる音が聞こえてきた。

「芽衣！　遅かったではないか！」

やって来たのは鴎外だった。

白いシャツの上に薄紫色《うすむらさきいろ》の着物をまとい、桜の刺繍《ししゅう》を施《ほどこ》した羽織を肩《かた》にかけている。軍服姿とはまた違《ちが》った粋《いき》な装いに、思わず目を奪《うば》われた。

「すみません、遅くなっ……」

「まったく、心配かけさせて！　おまえの身にもしものことがあったら……」

「え」

ぎゅむっ。

絹織物の布地に鼻が押しつけられる。抱《だ》きしめられているということを認識《にんしき》するのに数秒ほどの時間を要した。鴎外の突発的《とっぱつ》すぎる行動に、いまのいままで芽衣を支配していた恐怖が一瞬《いっしゅん》のうちにどこかへ吹《ふ》き飛んだ。

「おまえにもしものことがあったら、僕はこの先どうやって生きていけばいいと言うのかいっ？」

「まあ林太郎さん！　なんてはしたない！」

続いてサンルームからばたばたとやって来たのは、上品な縞柄《しまがら》の着物を着た中年女性だ。その後を追うように、慌《あわ》てた様子のフミも姿を現す。

そういえば来客があると言っていたような気がした。それはいいとしても、この謎《なぞ》の抱擁《ほうよう》は一体なんなのか。どう考えても客人の前で披露《ひろう》するべき行動ではない。

「なにがはしたないものですか。これは西洋風の挨拶《あいさつ》ですよ叔母《おば》さん」

しれっとした口調で鴎外は言った。

「それに、彼女は僕のフィアンセです。妻となるべき人を抱擁してなにが悪いと言うのです？」

「勝手なことを！　森家の長子たる立場をどう心得るのです！　そんな得体の知れぬ娘《むすめ》を娶《めと》るなど……責務を負うべき家長が一時の欲得《よくとく》に流されていいはずがありませんっ」

「流されるとは心外ですね叔母さん。これは当然、森家ありきの僕であることを鑑《かんが》みた上での結論です。森家にふさわしい女性など、彼女以外にあり得ないのですよ僕は」

「ですから、それが欲得だと……！」

悪びれた様子のない鴎外に対し、叔母と呼ばれた女性の怒《いか》りはとどまることを知らない。

それからしばらく不毛なやり取りが続き、らちが明かないと判断したらしい彼女は顔を真っ赤にしたまま屋敷《やしき》を出て行ってしまった。

「いやあ、唐突《とうとつ》にすまなかったね」

「はあ……」

サンルームに戻《もど》り、鴎外は自らの肩をトントンと叩《たた》きながらソファーに腰掛《こしか》けた。

すまないと言いながらも、大してすまなそうな顔はしていない。動揺《どうよう》しているのは芽衣ばかりで肝心《かんじん》の本人は飄々《ひょうひょう》としたものだ。その温度差に理不尽《りふじん》なものを感じながら、芽衣もまたソファーに身を沈《しず》める。

騒《さわ》ぎを聞きつけたのか、二階から春草が下りてきた。

「いまの騒ぎ、なんだったんですか」

「ああ、叔母が来ていてね。僕が昨夜、鹿鳴館でフィアンセがいると公言したのをどこかで耳にしたらしい。まったく、ご婦人方の情報伝達能力には舌を巻くばかりだ」

「ふぃあんせ？」

春草は首を傾《かし》げ、芽衣の隣《となり》に座る。

「いかにも。彼女は僕の婚約者《こんやく》だ」

鴎外は真面目《まじめ》に言い切り、すぐに肩をすくめた。

「……ということになっているのだよ。いまのところ」

いやいやいや、と、芽衣は小さく首を振《ふ》りながら身を乗り出す。

「でもあれは、その場しのぎというか、私を助けてくれるための嘘《うそ》だったんですよね。だったら否定すればいいだけの話なような……」

「それがそう簡単な話でもないのだよ、子リスちゃん」

鴎外は脚《あし》を組み、深々とため息をついた。涼《すず》しげな目元に愁《うれ》いが漂《ただよ》う。

「実は以前から縁談《えんだん》を持ちかけられていてね。僕が軍医総監《そうかん》に昇任《しょうにん》するのが親族の悲願でもあるから、名家の後ろ盾《だて》を得ようと皆《みな》が一丸となっているわけだ」

縁談。軍医総監。後ろ盾。仰々《ぎょうぎょう》しい単語をさらりと羅列《られつ》され、芽衣はぱちぱちと目をしばたたかせる。

「僕は遅《おそ》かれ早かれ、親族が選んだ良家の子女と婚姻《こんいん》関係を結ぶことになる。まあそれは構わないのだが、こちらにも準備というものが必要だ。研究論文をまとめる作業も残っているし、翻訳《ほんやく》や小説仕事にも取りかかったばかりなのでね。それに巴里《パリィ》にも洋行して見聞を広めたい。できれば一段落つくまで結婚《けっこん》は待ってもらいたいというのが本音ではある」

はあ、と芽衣は頷《うなず》いた。

要するに「もうしばらく自由気ままな独身生活を謳歌《おうか》したい」ということらしい。

「……それで、私をとりあえず婚約者に仕立てて、時間稼《かせ》ぎをしようと？」

「ははっ、察しがいいお嬢《じょう》さんだ。話が早くて助かる」

芽衣は絶句した。そちらが助かっても、こちらとしては困るわけで。

「というわけで、いましばらくはそのつもりでいてくれたまえ。なに、大した迷惑《めいわく》はかけない。たまに余所《よそ》からやかましい声が聞こえるかもしれないが、そんなものはカラスの囀《さえず》りとでも思って受け流してくれればいい」

「鴎外さん。俺が口出すことじゃないですが、往生際《ぎわ》悪くありませんか」

それまで黙《だま》っていた春草が、率直《そっちょく》な感想を口にした。

「いい大人が面倒《めんどう》なことを先延ばしにするっていうのは、ちょっとどうかと……」

「ああいけない！　大切なことを忘れていた！」

春草の言葉をかき消すように、鴎外は勢いよく立ち上がった。芽衣と春草はぎょっとして彼を見上げる。

「僕らはまだ、芽衣の歓迎会《かんげいかい》を開いていないではないかっ！」

（歓迎会？）

さっき牛鍋《ぎゅうなべ》をご馳走《ちそう》になったばかりなのに、いきなりなにを言い出すのやら。

そうこうしているうちに鴎外は台所に向かい、お盆《ぼん》になにかを載《の》せて戻ってきた。

白米が盛られた茶碗《ちゃわん》と急須《きゅうす》、そして饅頭《まんじゅう》だ。

「いまからおまえたちに、僕の好物を振る舞《ま》おうと思う。すぐに調理するから待っていたまえ」

なぜに饅頭を調理する必要があるのか、と疑問に思う芽衣の目の前で、鴎外は饅頭を四つに割ってみせた。その一片をご飯に載せるやいなや、なにを思ったのか、饅頭の上からドボドボと煎茶《せんちゃ》を注いでいく。

「ななにしてるんですか、鴎外さんっ」

芽衣は思わず声をあげた。

「お饅頭がふやけてます、だめですよそんな、お茶漬《ちゃづ》け感覚でお茶なんか注いだらっ」

「ははっ、その通り。これは饅頭茶漬けだ！」

——饅頭茶漬け。

初めて見聞きするメニューに、芽衣は困惑《こんわく》を隠《かく》せない。

「あの……これは、明治時代ではメジャーな食べ物で？」

「なにわけのわからないことを言ってるの。早く食べなよ。君の歓迎会なんだから」

春草は茶碗をなるべく視界に入れないようにして、芽衣へと箸《はし》を押しつけた。

どうやら過去に食べさせられた経験があるらしい。もうその後ろ向きな態度だけで、この食べ物が市民権を得ていないことが窺《うかが》えた。

「さあ、遠慮《えんりょ》せずに召《め》し上がれ。これが饅頭のもっとも美味《うま》い食べ方なのだよ」

「………」

煎茶の緑に餡《あん》が溶《と》け、季節はずれの学校のプールみたいな色になっている。そこにふやけた饅頭の皮がぷかぷかと浮《う》いて、かなり混沌《こんとん》とした一皿となっていた。

(お饅頭は、そのまま食べるのが一番美味《おい》しいんじゃないかな……)

と思いながら、芽衣は春草にさりげなく箸を返した。

「って、なに。なんで俺に箸を渡《わた》すの」

「だってほら、春草さんもどうぞって、鴎外さんが」

「俺はもう、とっくの前に洗礼を受けてる。今度は君の番だろ」

「でもですね、こんな時間に甘いもの食べたら太っちゃうし」

「は？ さっきあれだけ牛肉を食べておいて、よくもそんな……」

「そら、春草」

鴎外は満面の笑《え》みを浮かべ、ずずいっと大きなどんぶりを差し出した。

そこには山盛りのご飯と、残り三つの饅頭の欠片《かけら》が緑の海を泳いでいる。まさに饅頭茶漬けの「特盛り」だ。

「日本男児たるもの、これくらいはぺろりと食べられるだろう。おまえは明日の画壇《がだん》を背負って立つ人間なのだからね、しっかり栄養をつけてもらわねばなるまい」

「ひっ……！」

「おや、どうしたんだい春草。……ははあ、さては絵の描《か》きすぎで手を痛めてしまい、箸が持てないのかい？　ならば僕が手ずから食べさせてやろうではないか」

斜《なな》め上の解釈《かいしゃく》をした鴎外は、どんぶりと箸を持って身を乗り出した。邪気《じゃき》のない慈悲《じひ》深い笑み。一点の曇《くも》りもない善意がそこにあった。

「さあ、たんと召し上がれ。あ――――ん」

「う、うわあああああぁ」

夜の静寂《せいじゃく》に響《ひび》く、悲哀《ひあい》に満ちた叫《さけ》び。やがてどんぶりの中身が空になる頃《ころ》、芽衣は日比谷公園での怪異《かいい》な出来事などすっかり忘れ去っていた。

第四章　令嬢修業《れいじょうしゅぎょう》ハ神楽坂《かぐらざか》デ

「——昨日は、よくもやってくれたよね」

翌朝、一階に下りると、春草がおはようの挨拶《あいさつ》をすっ飛ばして恨《うら》み言を連ねてきた。

「なんだかんだで俺が饅頭茶漬けを二杯《はい》も食べさせられてさ。胃の中が大変な騒《さわ》ぎだったよ。おかげで昨夜はちっとも課題が進まなかった。さて、誰《だれ》のせいかな」

「そ、それは……」

芽衣はすっと視線を逸《そ》らし、サンルームの窓の外を眺《なが》めた。

空は晴れ渡り、小鳥たちのかわいらしい囀りが聞こえる。やけに庭の緑や花々が色鮮《いろあざ》やかに見えるのは、排気《はいき》ガスで空気が汚《よご》れていないせいかもしれないなどと社会的な視野で物事をとらえてみたりもしたけれど、春草が放つ無言のプレッシャーから意識を逸らしきることはできなかった。

「ごめんなさい。私の代わりに犠牲《ぎせい》になってもらっちゃって」

「俺が進んで犠牲になったみたいな言い方しないでくれる？　まあそれはいいけど、君、一応悪いとは思ってるんだ」

「は、はい。それはもう」

芽衣は何度も頷いた。すると春草は、その言葉を待っていたとばかりにソファーから立ち上がった。

「じゃあ……どうやって誠意を見せてもらおうかな」

チンピラの常套句《じょうとうく》のようなことを言い出した。芽衣はきょとんとして首を傾《かし》げる。

「あれ……やっぱり、怒《おこ》ってます？」

「怒ってないよ」

間違《まちが》いなく声が怒っていた。

「ただ、どうやって貸しを返してもらおうかなと思ってるだけ。……そうだな。絵のモデルを頼《たの》もうか」

「モデルっ？」

芽衣は反射的に、ざざっと後ずさった。

「だ、駄目《だめ》ですよ、私、ぜんぜんスタイルとかよくないしっ。お腹《なか》の肉とかも気になるし、あの、ホントに、人様に見せるようなものではなくてですね」

「なんの話？」

冷ややかに尋《たず》ねられてしまった。

「ああ……もしかして君、裸婦像《らふ》だと勘違《かんちが》いしたの。そうなんだろ」

裸婦像。つまりヌードモデルだ。壁《かべ》に貼《は》りついたまま芽衣が頷《うなず》くと、春草は珍《めずら》しく笑った。笑うといっても無邪気《むじゃき》な笑顔などではなく、せせら笑うといった種類の笑顔だったが。

「あれ。違《ちが》うんですか？」

「別にいいよ。裸婦像でも」

端整《たんせい》な顔立ちにニヒルな笑みを乗せたまま、春草はゆっくりと芽衣に近寄ってきた。

「そういう勘違いをするってことは、よっぽど自分の身体《からだ》に自信があるってことだろ。だったらそれでもいいって言ってるんだけど」

彼はすぐに無表情に戻《もど》り、頭のてっぺんからつま先まで、品定めするようにしげしげと眺める。あまりに露骨《ろこつ》なその視線に、一気に顔が真っ赤になった。

「あ、あの、やっぱりそれはちょっと……」

「へえ、できないんだ。じゃあどうやって俺に貸しを返すの。ほら、言ってみなよ」

春草は壁に手をつき、息がかかる距離《きょり》まで顔を近づけ、芽衣の返答を待っていた。

「ほら。早く」

「っ……」

鼓動《こどう》が激しくなる。この音もきっと春草に聞かれているのだと思うと、余計に恥《は》ずかしくな

って唇《くちびる》を噛《か》んだ。あまりのいたたまれなさに身を縮こまらせていると、

「――こら、春草」

いつのまにか、着物姿の鴎外がドアに寄りかかった姿勢でこちらを見ていた。

「まったく、僕のかわいい客人を困らせるんじゃない」

「困らせていません。ただモデルを頼んだだけです」

「ほう、モデルか。ではなおさら苦言を呈《てい》する必要がある。絵の対象への謙抑《けんよく》と畏敬《いけい》の念を忘れてしまえば、後に残るは惰性《だせい》と慢心《まんしん》だ」

鴎外は春草へと近寄り、その肩《かた》をぽんと叩《たた》いた。

「とにかく、おまえはもう少し言葉を選びたまえよ。下宿仲間の先輩《せんぱい》なのだから、後輩《こうはい》にはもう少し親身な姿勢を見せるべきだ。わかるかい？」

「……はい」

不承不承《ふしょうぶしょう》といった様子ではあったが、春草は思いのほか素直《すなお》に頷き、サンルームを出て行った。その後ろ姿を見届けてから、鴎外は長く息を吐《は》く。

「やれやれ春草め、今朝はことさら機嫌《きげん》が悪い。あれが反抗期《はんこうき》というものだろうか」

まるで父親のような物言いだった。

「反抗期というか、たぶん昨日の饅頭茶漬《まんじゅうちゃづ》けのせいかと……」

「なんだい？」

「あ、いえ、なんでもないです。私が悪かったんです」

芽衣はすぐさま言い直した。

（春草さんって私には冷たいけど、鴎外さんには意外と素直だよね）

いまひとつ関係性が見えない二人だが、少なくとも春草は鴎外に対して敬《うやま》いの気持ちを持っている。鴎外の言葉には耳を貸す意思があるように芽衣には思えた。

「すまないね。あの男はなかなか他人に対して素直になれないのだよ。才能溢《あふ》れる優秀《ゆうしゅう》な若者には違いないのだが……ところで芽衣。話は変わるが、僕をいますぐこの屋敷《やしき》から連れ出してはくれないだろうか」

鴎外は、唐突《とうとつ》に奇妙《きみょう》なことを言い出した。

「え？　私が、ですか？」

「いかにも、おまえがだ。キャピュレット家のバルコニーからジュリエットをさらうロミオさながらに、僕をこの家の呪縛《じゅばく》から解き放ってほしい。できればいますぐに！」

まるで囚《とら》われの姫君《ひめぎみ》のような発言に、芽衣は小首を傾げる。

「……ロミオは、ジュリエットをさらってはいないと思うんですけど？」

ロミオとジュリエットといえば、バルコニーでのあの名場面だ。「おおロミオ、ロミオ、あなたはなぜロミオなの?」」。おおまかなあらすじしか知らないが、たしかあの場面では愛の言葉を交《か》わし合うだけで、ジュリエットをさらうまでには至らなかったような気がする。

するとは、俄然《がぜん》目を輝《かがや》かせた。

「ほう? シェイクスピアを嗜《たしな》むのかい?」

「いえ、嗜むってほどじゃないです。たまたま知ってただけで」

「はは、やはりおまえという娘《むすめ》は底が知れないなあ。僕は留学中、初めてシェイクスピアの舞《ぶ》台《たい》を観《み》たのだよ。……O Romeo, Romeo, wherefore art thou Romeo? あれは後世に残る名台詞《ぜりふ》だと僕は思うのだが」

「? ああ、もちろん現代でもロミオとジュリエットは有名で……」

言いかけて、芽衣は慌《あわ》てて言葉を呑《の》んだ。

テレビも映画もないだけでなく、義務教育という概念《がいねん》すらないこの時代。現代ではシェイクスピアは一般《いっぱん》常識の部類に入るのだが、どうやらいまはそうではないようだ。

明治の生活に馴染《なじ》むべくフミから聞き出した話によると、すべての子供がまともな教育を受けられると思ったら大間《おおま》違《ちが》いで、満足に読み書きもできないまま奉公《ほうこう》に出される例も決して少なくないらしい。女性は頭がよくなりすぎると男性に敬遠され、婚期《こんき》を逃《のが》すと考えている人もかなり多いのだとか。

「いやしかし、おまえとは思わぬ方面で話に花が咲《さ》きそうだ。僕は実によい拾い物をした」

鴎外は満足そうに頷いた。

拾い物とは失礼な気もするが、彼は芽衣にそれなりの教養が備わっていることを喜ばしく思っているようだった。少なくとも敬遠している気配はない。

（そういえば私の制服姿を見て顔をしかめなかったのは、鴎外さんだけだったよね）

顔をしかめるどころか、「なんと合理的な装いだ！」などと感心すらしていた覚えがある。

この明治の世において、彼のように柔軟《じゅうなん》に物事をとらえる人は、実はかなり珍しい存在なのかもしれない。


芽衣と鴎外を乗せた人力車は、神田から万世橋《まんせいばし》を渡《わた》って湯島《ゆしま》を経由し、やがて賑《にぎ》やかな繁華《はんか》街《がい》へとたどり着いた。

ずらりと商店が軒《のき》を連ねる通りには「元祖かっぽれ」、「娘浪花《なにわ》おどり」、「江川《えがわ》大一座」などと書かれたのぼりが並び、演芸場や屋台の呼び込みらしき声があちこちで飛び交《か》っている。物《もの》見遊山《みゆさん》の老若男女《ろうにゃくなんにょ》がひしめき合うはるか向こうには、十二階建ての灯台のような建物がそびえ立ち、芽衣はぽかんと口を開けたままその光景を眺《なが》めていた。

「おや、浅草《あさくさ》は初めてかい？　あの建物は凌雲閣《りょううんかく》と言うのだよ。おっと」

久々に高い建物を見て、思わずのけぞりそうになる芽衣の背中を支えながら、鴎外は親切に説明してくれた。

「あれほど高い建造物はほかにはないだろう。最上階から望む東京の街は格別だ。しかし十二階まで階段を上るのが少々骨でね。以前は電動式エレベートルで楽をできたものだが、安全性にいささか問題があったらしく使用停止になってしまったらしい」

電動式エレベートル。言葉の響《ひび》きから察するに、おそらくエレベーターのことなのだろう。

(明治時代にエレベーターなんてあったんだ……たしかに乗るのはちょっと不安かも……)

青空の下、ぽつんと佇《たたず》んでいる赤煉瓦《あかれんが》造りの塔《とう》。現代には残っていないはずのその建物を見上げていたら、急に明治時代にいるという実感が湧《わ》いてきた。これは夢ではなく現実なのだと、強く思い知らされたような気がした。

(……私は本当に、現代に帰れるのかな)

ここは間違《まちが》いなく浅草だけど、自分の知っている浅草とは違う。

その事実が切なくて、つい言葉少なになってしまう芽衣の肩を、ぽんと鴎外が叩いた。

「ははっ、そうかい。腹が空いたのなら早くそう言いたまえよ」

そんなことはひと言も言っていない。しかし鴎外は勝手にそう目星をつけたようだ。

「いいえ?」

「ご婦人が浮《う》かない顔をしているのは空腹な時か、気に入らない柄《がら》の着物を着ている時のどちらかと相場が決まっている」

「この着物は気に入ってますけど」

「ではやはり前者だ。だが昼餉《ひるげ》にはまだ少し早い。……ああそうだ! 今川焼きでも食べて空腹をしのごうではないか。甘い物は好きだろう?」

「は、はい、好きですけど、でもっ」

まさか茶漬《ちゃづ》けにして出されるのではないかとひやひやしたが、鴎外は普通《ふつう》に屋台で今川焼きを購入《こうにゅう》し、普通にそのまま芽衣へと手渡《てわた》してきた。密《ひそ》かに安堵《あんど》の息をつく。

「好きなだけ食べていいと言いたいところだが、昼餉前なのでひとつにしておきなさい」

「ありがとうございます」

一体どれだけ食《く》いしん坊《ぼう》だと思われているのか。芽衣は礼を言ってから、焼きたてのそれをほおばった。

やわらかで香《こう》ばしい皮と、あつあつの小倉餡《あん》。芽衣の知っている今川焼きそのものの素朴《そぼく》な味わいだ。見た目も味も、現代となんら変わりがないことに驚《おどろ》いた。

「……すごくおいしいです。今川焼きって、昔からずっと同じ味なんですね」

しみじみつぶやくと、鴎外は「ははは」と大きな声で笑った。

「いちいち愉快《ゆかい》なことを言う。昔を懐《なつ》かしむほど長く生きてもいないだろうよ」

「そ、そういう意味じゃなくてですね、なんて言ったらいいのか……」

「知っているかい？　この小麦粉菓子《がし》は、神田の今川橋《いまがわばし》付近で売り出されたことから今川焼きと呼ばれるようになったのだ。今川橋は我が屋敷のすぐ近くだから、また食べたくなったらいつでもご馳走《ちそう》しよう。十個でも二十個でも」

ぽんぽんと軽く頭を叩《たた》かれる。やはり相当な食いしん坊だと思われているらしい。

「いくらなんでも、そんなにたくさんは食べられません」

「若いのだからそれくらいはいけるはずだ。もしくは茶漬けにするという手も」

「い、いえっ、そのままで！　やっぱりお茶漬けといえば饅頭《まんじゅう》が一番ですからっ」

慌てて遮《さえぎ》ると、鴎外は「ふむ、やはりそうか」と満足げに微笑《ほほえ》んだ。

「しかし饅頭が茶漬けに合うのは言わずもがなだが、醤油《しょうゆ》を染《し》みこませた焼き餅《もち》も好相性《あいしょう》なのだよ。それと砂糖で甘く煮《に》た杏《あんず》も、炊《た》きたての白米に載《の》せるとなかなか……」

「…………」

どうやら鴎外のオリジナルメニューは、ひとつではないようだ。

（やっぱり鴎外さんって、ちょっと変わってるかも……）

その独特な感性といい、明治の日本男児らしからぬ柔軟な生活観念といい、とにかく彼は変わっている。春草の言葉を借りるなら「鴎外さんは自由すぎる」と言ったところか。

留学経験があるとの話だったから、もしかすると海外での生活がより広い視野を育《はぐく》んだのかもしれない。……しかしあらためて考えてみると、現代ほど海外旅行が身近ではないはずのこの時代に留学できるなんて、かなり特殊《とくしゅ》なケースなのではないだろうか？

「芽衣」

人混《ひとご》みの中、鴎外が振《ふ》り返る。

「はぐれるといけない。僕の腕《うで》を取りなさい」

えっ、と驚いて芽衣は立ち止まった。あまりに自然な紳士《しんし》ぶりに、どう対応していいのか戸《と》惑《まど》ってしまう。

「だ、大丈夫《だいじょうぶ》です、はぐれません、ひとりで歩けます」

「それは心強い。だがここはひとつ、僕の言うことを聞いてはくれないだろうか。僕はおまえのことが心配なのだよ」

「……心配？」

「ああ、そうだ。フィアンセの身を案じない男などいるわけがなかろう？」

いやそれは、と芽衣は言いかけた。フィアンセなんてただの「ごっこ」だ。というより、鴎外は本気で芽衣をフィアンセ代わりにするつもりだったのか。

（その場のノリで言ってるだけかと思ってたのに……）

すると鴎外は、困惑《こんわく》する芽衣の手を取り、自らの腕に摑《つか》まらせた。

かすかに香《かお》る、甘い煙草《たばこ》の匂《にお》い。頼《たの》もしい腕の感触《かんしょく》を着物越《ご》しに覚え、どきりとする。

「僕は責任を持って、おまえの身を預からねばならないからね。くれぐれもひとりでどこかに行ってしまわないこと。わかったかい？」

小さく頷《うなず》くと、鴎外は穏《おだ》やかなまなざしで芽衣の頭を撫《な》でた。「よしよし、素直《すなお》な子は好きだよ」と、フィアンセというよりは年の離《はな》れた妹にするみたいに、優《やさ》しい手つきで。

東京一の盛り場といえば、新宿《しんじゅく》でも渋谷《しぶや》でも池袋《いけぶくろ》でもなく、ここ浅草なのだと鴎外は言う。七区に分かれた区画の中でもっとも賑わうのが、興行や飲食店営業の許された六区と呼ばれるこの場所だ。芝居《しばい》小屋や見せ物小屋、なにやらいかがわしい店などが渾然一体《こんぜんいったい》となり、歩いているだけで気分が高揚《こうよう》するのがわかった。鹿鳴館のある日比谷界隈《かいわい》の落ち着いた街並みとは真逆の、縁日《えんにち》のような雑多な雰囲気《ふんいき》だ。

見るものすべてを珍《めずら》しがる芽衣に対し、鴎外はそれこそ観光ガイドのようなきめ細かさで街を案内してくれた。玉乗りや道化《どうけ》踊《おど》り、水芸に小芝居など、見事な芸の数々に惜《お》しみない拍手《はくしゅ》を送り、時には腹を抱《かか》えて笑ったりと、時間を忘れて浅草を満喫《まんきつ》したのだった。

「さて、少し遅《おそ》くなってしまったが、そろそろ昼餉といこうではないか。せっかくここまで来たのだから、さらに上野《うえの》まで足を伸《の》ばして西洋料理をいただくことにしよう」

「上野、ですか？」

「ああ。僕が築地《つきじ》でよく利用している店の支店があるのだよ。上野精養軒《せいようけん》というのだけどね。ビフテキやカツレツなど、子リスちゃんの好きそうな料理がたくさん揃《そろ》っている」

ビフテキ。カツレツ。その響きに胸をときめかせない女子などいるはずがない。ついつい早歩きで目抜《めぬ》き通りを急ごうとする芽衣の視界に、ふと大きな劇場の佇まいが飛び込んできた。

「常磐座《ときわざ》」との看板を掲《かか》げたその劇場の前には、鮮《あざ》やかな色彩《しきさい》で描《えが》かれた人物画がずらりと並べられている。それらを指さしながら、女学生たちがかしましい声をあげていた。

「鴎外さん、あれはなんですか？　あの、浮世絵《うきよえ》みたいな……」

「浮世絵みたい、ではなく、まさしくその浮世絵だ。錦絵《にしきえ》とも言うが」

鴎外は立ち止まり、微笑ましげな表情で芽衣を見る。

「人気のある役者の似顔絵を描《か》き、あのように並べて売っているのだ。おまえも気に入った役者がいるのかい？」

「いえ、そういうわけじゃないんです。ただちょっと珍しくて」

この時代の人にしてみれば珍しくもないのだろうが、芽衣にとっては新鮮《しんせん》だ。写真が普及《ふきゅう》する以前、芸能人のファンたちは「生写真」ではなく「錦絵」を購入していたのだ。

「あの川上音二郎という役者は、最近特に人気があると聞く。男役はもちろん、女形《おんながた》としても類《たぐ》い希《まれ》な美貌《びぼう》を発揮するらしい。はは、彼女たちのお目当てはやはり彼のようだ」

川上音二郎。どこかで聞いたことのある名前だった。

思い出そうと小さく唸《うな》る芽衣の目の前で、女学生たちがその役者の錦絵を次々と買い求めていく。それを横目に見ながら、六区の喧噪《けんそう》を離れ、しばらく西の方面に進むと大きな公園が見えてきた。

青々とした葉を茂《しげ》らせる木々はおそらく桜だろう。春になれば、それはそれは見事な桜の名所として賑《にぎ》わうことが容易に想像できる。

ここは上野恩賜《おんし》公園だと、鴎外は言った。

「そら、不忍池《しのばずのいけ》のほとりに洋館が見えるだろう。あれが上野精養軒だ」

「わあ……」

蓮《はす》の花がゆらめく池のほとりに、こぢんまりとした瀟洒《しょうしゃ》な洋館が佇《たたず》んでいる。

同じ並びにはいかにも高級そうな料亭《りょうてい》らしき建物もあり、人力車や馬車がずらりと列をなしていた。おそらく食事にやって来た主の帰りを待っている最中なのだろう。

浅草から大して離れていないにも拘《かか》わらず、この一帯だけかなり高級感溢《あふ》れる雰囲気が漂《ただよ》っていた。芽衣は早くも尻込《しりご》みしてしまう。

「あの、鴎外さん。私……かなり場違《ばち》いなのでは」

「場違い？　なぜだい？」

「え……だって、なんかドレスとか着てる人がいますよ？　それにほら、外国の人も」

「はは、向こうにしてみれば我々こそが外国人だ」

呑気《のんき》なことを鴎外は言う。

「そんなに構えなくとも、ここはただの食堂だ。蛇《へび》女や顔なし男が出てくるわけではないから安心したまえ」

——蛇女？

ふいに脳裏《のうり》をよぎったのは、日比谷公園で遭遇《そうぐう》した首の長い女だった。

無理にしまい込んだ記憶《きおく》の断片がおぼろげに蘇《よみがえ》り、芽衣は思わず立ちすくむ。

「芽衣？　大丈夫かい？」

はっと顔を上げた。一瞬《いっしゅん》ぼんやりとしてしまったらしく、鴎外が不思議そうに目をすがめる。

「だ、大丈夫です、ちょっと緊張《きんちょう》しすぎて眩暈《めまい》がしただけで」

「そういう時は遠慮《えんりょ》なく僕につかまるといい。なんのために隣《となり》にいると思っているんだい？」

さらりとこういうことが言えてしまうのが、鴎外という人だった。

それでもつい遠慮がちに歩調が鈍《にぶ》る芽衣を、鴎外は半ば強引《ごういん》に正面玄関《げんかん》へとエスコートする。

すると中から燕尾服《えんびふく》を着た支配人らしき男性が出てきて、鴎外へとうやうやしく頭を下げた。

「これはこれは森様、いつもご贔屓《ひいき》にしていただき誠にありがとうございます」

「うん。今日は、僕のいい人を連れて来たのだよ。料理長にとびきり上等な牛肉料理を出すよう伝えてはくれないか」

「かしこまりました。では、こちらへどうぞ。不忍池が一望できる二階席をご用意させていただきます」

館内へと促《うなが》され、鴎外も勝手知ったる足取りで板張りの床《ゆか》を歩いて行く。小さな鹿鳴館といった趣《おもむき》の内部は、高い天井《てんじょう》から吊《つ》り下《さ》がったシャンデリアの光が白塗《しろぬ》りの壁《かべ》を明るく照らし、開放感溢れる造りとなっていた。

重厚《じゅうこう》な階段を上り、二人は広々としたフロアの窓際《まどぎわ》の席に案内される。すると客席にいた外国人の男性が、突然《とつぜん》立ち上がって「リンタロー？」と鴎外に声をかけてきた。

「Guten Tag」

「Schoen, Sie wieder zu sehen」

流暢な外国語での会話に、鴎外もまた流暢な外国語で返す。芽衣は親しげに話す二人をぽかんとしたまま見ていた。当然のように会話の内容はさっぱりだ。

ひとしきり談笑《だんしょう》してから、鴎外が席に戻《もど》ってきた。

「待たせてすまないね。彼は独逸《ドイツ》からの客人なのだが、今日はたまたま上野界隈を観光していたらしい。あの池のほとりにある上野大仏を眺《なが》めながら食事がしたかったようだ」

「……鴎外さん、ドイツ語話せるんですか？」

と尋《たず》ねると、彼はメニューを開きながら、

「ああ、医学校の教官は独逸人だったのでね。入校試験を受けるためには独逸語習得が必要不可欠だったのだよ」

「そうなんですか。……すごいですね、ドイツ語なんて」

「それがそうでもない。むしろ日本人の耳には英語より独逸語の方が聞き取りやすい、というのが僕の見解だ。慣れれば存外早く身につく。ところで子リスちゃん、シェリーは飲むかい？」

「シェリー？」

「うむ、食前酒だ」

芽衣はふるふると首を振《ふ》った。未成年が公共の場で堂々と飲酒するわけにはいかない。

「では僕もやめておこう。実は僕も、あまり酒は強い方ではないのだよ。ひとりで酩酊《めいてい》して、醜態《しゅうたい》をさらすわけにはいかないからね」

「鴎外さんが醜態をさらすなんて、ぜんぜん想像できません」

素直《すなお》にそう思った。軍人官僚《かんりょう》であり、医者であり、文筆家でもある彼は、どこか超然《ちょうぜん》とした雰囲気《ふんいき》を漂わせている。自宅でも浅草でもこんなに豪華《ごうか》なレストランでも彼のスタイルは変わらない。誰《だれ》に対しても常にマイペースだ。

「さて、それはどうだろう。正直なところ、僕も飲み過ぎると自分がどうなるのかわからないのだよ。笑い上戸《じょうご》か泣き上戸か、はたまた口説き上戸になる可能性もある」

そう言って、鴎外はぱたんとメニューを閉じた。

「そうだ、いま試《ため》してみても構わないかい」

「え?」

「仮に僕が、口説き上戸になったとしてもだ。フィアンセを口説く分には問題ないだろう?」

「……え?」

無邪気《むじゃき》な声音《こわね》。

でもどこか人を射《い》すくめるようなまなざしが、芽衣の視線を搦《から》め捕った。

窓から差し込む昼下がりの光の中、しばし静寂《せいじゃく》が続く。白いテーブルクロスに落ちるくっきりとした花瓶《かびん》の影《かげ》。その薄《うす》い唇《くちびる》に浮《う》かぶ笑《え》みは、まるで困惑《こんわく》する芽衣の反応を楽しんでいるかのようにも見えた。

「だ、駄目《だめ》ですよ。試したりしたら」

やっとのことで声が出た。鴎外は気怠《けだる》げなしぐさで髪《かみ》を肩《かた》に払《はら》う。

「ふむ、なぜだろうか」

「私、酔《よ》っ払《ぱら》いを介抱《かいほう》したことないですし。そういうのは春草さんに頼《たの》んでください」

「それは賛成しかねるなあ。春草を口説いてもおもしろくない」

「いやいや、そういう問題じゃなくてですね……」

「——あら、林太郎さんではございませんか」

芽衣は、はっと顔を上げた。いつのまにか二人の女性がテーブルの脇《わき》に立っている。

上品な白茶色の着物を着た中年女性と、辛子《からし》色の着物姿の若い女性だ。顔立ちがどことなく似ているので親子かもしれない。娘《むすめ》と思われる艶《つや》やかで豊かな黒髪《くろかみ》を丁寧《ていねい》に編み込んだ女性は、芽衣をちらりと見てからなぜか眉間《みけん》にわずかな皺《しわ》を寄せ、口元をきつく引き結んだ。

「ああ、有馬《ありま》さん。長の無沙汰《ぶさた》ですね」

「ええ、千住《せんじゅ》の詩会以来ではございませんこと？　うちの娘が林太郎さんからのお誘《さそ》いを待ちわびておりますのに、便りのひとつもくださらないと千々に心を乱していた近頃《ちかごろ》で……」

そこで言葉を切り、母親らしき女性が芽衣へと視線を移した。

頭のてっぺんからつま先をじっくりと観察するように眺めた後、口元に笑みを貼《は》りつかせたまま再び鴎外へと視線を戻す。

「こちらのお嬢様《じょうさま》は？　ああ、たしか妹の喜美子《きみこ》さんだったかしら」

「いえ、彼女は僕のフィアンセです」

鴎外は臆面《おくめん》もなく答えた。むしろ、「よくぞ聞いてくれました」とばかりの満を持した表情だったので、芽衣はいますぐテーブルの下に隠《かく》れたくなった。

「で、では……婚約《こんやく》されたというお噂《うわさ》は、本当でしたの？」

女性たちの眉間が、より一層険しくなる。しかし鴎外はまったく堪《こた》えた様子もなく、

「ははは、もうご婦人方の耳目《じもく》を集めてしまいましたか。いかにも、その噂は真実です。僕はずっと、彼女が洋行から帰ってきたら祝言をあげようと心に決めていたのですよ！」

「お、鴎外さん……！」

あまりのいたたまれなさに身の縮む思いがした。女性たちの視線は針のように鋭《するど》く、芽衣は愛想《あいそ》笑いのひとつも浮かべることができなくてうつむいた。

（……どうしよう。絶対、あんた誰って思われてるよね）

芽衣の予想は的中したようで、母親は小さく咳払《せきばら》いをしてから、

「失礼ですけれど、どちらの門閥《もんばつ》のお嬢様でいらっしゃるの？　森家のお母様が認めた方なら、うちのような華族《かぞく》の末家より家柄《いえがら》が良いのは当然でしょうが……」

「どこの門閥でもありませんよ。家柄は二の次です」

「まあっ、では庶民《しょみん》の方と結婚《けっこん》なさるおつもりっ？」

「僕は彼女の家柄ではなく、言うなれば彼女の魂《たましい》と引き合ったのです。綺麗《きれい》な玩具《がんぐ》を買うような結婚に興味はありません」

きっぱりと鴎外は言い切るが、二人の眉間の皺は険しいままだ。どうにも納得《なっとく》できかねる表情で顔を見合わせ、最後に芽衣をじろりと一瞥《いちべつ》してから、しずしずと立ち去ってしまった。


「ただいま帰ったよ！」

夕方になり、鴎外邸《てい》に戻るとサンルームで春草が新聞を読んでいた。美術学校から帰ってきたばかりなのか制服姿だ。

「お帰りなさ……」

「うむ、そうなのだよ春草、僕と子リスちゃんはデエト帰りというわけだ！　ははは、羨《うらや》ましいだろうっ」

聞かれてもいないのに、鴎外は自慢《じまん》げに報告した。対する春草は無表情のまま「はあ」と相づちを打ち、新聞に視線を戻す。心底どうでもよさそうだ。

「ああそうだ、昼餉《ひるげ》は春草にも声をかければよかったなあ。東京美術学校から上野精養軒は目と鼻の先にあることをすっかり失念していた。あのビーフシチュウのとろける味わいをおまえにも堪能《たんのう》させたかったよ」

「いえ、俺は結構です」

「おや、なぜだい。牛肉料理が苦手というわけではなかろう？」

「俺は正式なテーブルマナーをよく知りません。あんな豪勢《ごうせい》な店で鴎外さんに恥《はじ》をかかせるわけにはいきませんから」

その言葉に、芽衣はどきりとした。

日常的にナイフとフォークを使う生活を送っていたとはいえ、果たしてあれは正式なテーブルマナーと言えるのだろうか。鴎外に恥をかかせている可能性など少しも考えていなかった。

「まったく、おまえは生真面目《きまじめ》な男だなあ。どんな食べ方をしようが僕は恥などかかないよ。それに失敗を恐《おそ》れて機を逃《のが》しては本末転倒《ほんまつてんとう》だ。自ら成長の萌芽《ほうが》を摘《つ》み取ることになる」

そう、鴎外なら恥をかくことを厭《いと》わないだろう。周囲の目など気にせず、どこまでもマイペースな彼は、春草や芽衣の失敗を咎《とが》めず暖かい目で見守ってくれるはずだ。そして年長者らしく正しい道を指南し、共に成長を喜んでくれるはず。

(でも、私は……)

上野精養軒で出会った、若い女性の姿を思い出す。

鴎外の話によると、彼女は華族と縁《えん》の深い名家の令嬢《れいじょう》なのだそうだ。年齢《ねんれい》は芽衣とさほど変わらないのに、高価そうな着物を堂々と着こなし、喋《しゃべ》る時は決して大きく口を開けず、もちろん大股《おおまた》で歩いたりもしない。育ちの良さがひとめでわかる、しとやかな所作を自然と身につけていた。

(鴎外さんは、本来ならああいう人をフィアンセにするはずだったんだ)

華族だの士族だの名家だのと言われてもさっぱりピンとこない芽衣だったが、実際に目で見て少なからず打ちのめされた。そして「一時しのぎのフィアンセ」という立場を軽《かろ》んじていた自分自身が無性《むしょう》に恥《は》ずかしくなったのだ。

「ねえ、立ったまま寝《ね》ないでくれる。邪魔《じゃま》なんだけど」

はっと我に返った。目の前で春草が腕《うで》を組み、怪訝《けげん》そうに芽衣を見ている。すでにサンルームには鴎外の姿はない。

「あれ、鴎外さんは?」

「そろそろ行水の時間だから、部屋に戻《もど》ったよ」

行水？　と芽衣は首を傾《かし》げた。つまりお風呂《ふろ》の時間ということだろうか。

「そうだ春草さん、あの、今朝のモデルの件なんですけど」

「……は？」

「ほら、その、裸婦像《らふ》が描《か》きたいって言ってたじゃないですか。私あれからいろいろ考えたんですけど、裸《はだか》じゃなくて水着ぐらいならなんとかいけるかなって思ったんです。……水着、ダメですか？　日本画としてはかなり斬新《ざんしん》な題材かと思うんですけど」

「君、馬鹿《ばか》じゃないの」

さっくりと一蹴《いっしゅう》されてしまった。

「急になにを言い出すのかと思ったよ。あんなの冗談《じょうだん》に決まってるだろ」

えっ、と芽衣はたじろいだ。まさか春草が冗談など口にするとは思わなかったからだ。

「私には限りなく本気に見えたんですけど。春草さん、すごく怒《おこ》ってたみたいだし」

「じゃ、脱《ぬ》ぎたきゃ勝手に脱げばいいんじゃない。まあ君の場合、どんな無理難題をふっかけても存外やり遂《と》げそうな気概《きがい》は感じるよ。ご褒美《ほうび》として牛鍋《ぎゅうなべ》さえ与《あた》えれば」

それは褒《ほ》められているのだろうか。かなり微妙《びみょう》な線をいく表現だ。

「言っとくけど、褒めてないから」

すかさず念を押してから、春草はサンルームを出て行こうとした。芽衣はとっさに、その腕をがしっと摑《つか》んで引き留める。

「ちょっと待ってください。ひとつ聞きたいんですけど」

「なに」

「私、その……」

芽衣はしばし思案してから、言葉をつないだ。

「……鴎外さんの隣《となり》に並んでる私って、春草さんからどう見えるのかなって。ちゃんとフィアンセに見えます？」

「はっ。見えるわけない」

春草は鼻で軽く笑い飛ばした。気持ちがいいくらい正直な感想だった。

「まさか君、自分が鴎外さんと釣《つ》り合ってるとでも思ってるの」

「いえ、まさかそんな……」

「史上最年少で医学校を卒業して、官費で独逸《ドイツ》留学を果たし、陸軍省の官人としてもっとも将来を嘱望《しょくぼう》されている鴎外さんに、まさか自分がふさわしいとか思ってるわけじゃないよね。だとしたらとんでもない鉄面皮だ」

芽衣は力強く首を振《ふ》った。ふさわしいなどと思えるわけがない。そこまで周囲が見えていないわけではなかった。

「でも私だって、好きでフィアンセの代わりをしてるわけじゃ……」

「へえ。じゃあ君は、鴎外さんが身勝手な人だと思ってるわけだ。独身生活を謳歌《おうか》したいあまりに、たまたまそばにいた君を利用した我が儘《まま》な人だって」

再度、首を振る。でも否定はしきれない。たとえ「代わり」だったとしても、なにも私じゃなくたって、との思いは拭《ぬぐ》えないのが本心だった。

すると春草は腕を組み、息を吐《は》く。

「……鴎外さんは結果を見ずに動く人じゃない。あの人が君を仮の婚約者《こんやく》に仕立て上げたのは、どう考えても君を思ってのことだろ」

「え？」

「聞けば君、もう少しで警察に拘引《こういん》されるところだったらしいじゃないか。でもさ、どれだけ君が怪《あや》しくても、陸軍一等軍医の鴎外さんが婚約者だと言い張れば向こうは迂闊《うかつ》に手出しできない。君がこの屋敷《やしき》にいる限りは、そうやって守ろうって決めたんじゃないの」

――守る？

芽衣はぱちぱちとまばたきをした。

たしかに鹿鳴館では鴎外に助けてもらった。けれど、あれはただのきっかけであり、場の流れで居候《いそうろう》させてもらうことになっただけだ。春草と同じく、ただの下宿人という扱《あつか》いで。

「いかにもわけありな君をこの屋敷に置くには、それなりに正当な理由も必要だってこと。わかったら、せいぜいがんばって婚約者の皮をかぶれば。付け焼き刃《やば》でも一時しのぎならなんとかなるだろ」

「付け焼き刃……ですか」

「そう。なにもこの生活が一生続くわけじゃない。……さっきも言ったろ。君の場合、どんな無理難題をふっかけても存外やり遂げそうな気概は感じるって」

え？　と芽衣は聞き返した。励《はげ》ましに聞こえなくもないその言葉の真意が知りたかったのだが、春草は肩《かた》をすくめ、さっさと芽衣の手を振り払《はら》い、自室へと戻っていってしまった。

赤煉瓦《あかれんが》が敷《し》き詰《つ》められた歩道を、海老茶色《えびちゃ》の袴姿《はかますがた》の女学生たちが通り過ぎていく。

いま若い女性の間で流行《はや》っているのは、マガレイトと呼ばれる編み込みの束髪《そくはつ》なのだそうだ。それと牡丹《ぼたん》の髪飾《かみかざ》りを合わせるのが流行の最先端《さいせんたん》だと新聞の婦人欄《らん》には書かれていて、なるほど似たようなスタイルの女性たちが銀座の街を行き来していた。

そんな彼女たちを観察し続け、かれこれ一時間が経《た》つ。

本物の令嬢が集《つど》うセレブの街といえば、いまも昔も銀座と相場が決まっていた。芽衣はその日、昼餉《ひるげ》の手伝いを終えてから、令嬢ウォッチングを敢行すべく単独で銀座を訪《おとず》れていたのだ。

（……付け焼き刃って、よくわからないよ。春草さん）

目を皿のようにして、いかにも裕福《ゆうふく》そうな女性たちの一挙手一投足を注意深く見てはいるのだが、その所作をどう自分に取り入れればいいのかわからない。単にドタバタと歩かないとか、大きく口を開けて物を食べないといった程度なら真似《まね》できそうな気もするが、それだけではただの「行儀《ぎょうぎ》のいい子」だ。芽衣の考える令嬢像とはなにかが違《ちが》う。

「とーふぃ、油げ、がんもどきぃ」

「毒消しゃ、いらんかねェ〜」

声をあげながら目の前を行き交《か》う行商人や、人力車。土埃《つちぼこり》を防ぐための散水車が、道路に水のあとを残していく。

西洋建築の建物が並ぶ煉瓦《れんが》通りは、活気はあるが決して騒《さわ》がしくはない。時計店や呉服《ごふく》店に陳列《ちんれつ》された品物はどれも上質な物ばかりで、ステッキ片手に口ひげを生やした洋装姿の男性が、丸眼鏡《まるめがね》越しに買い物を楽しむ光景はまさに映画の世界だ。いや映画というより、異国に紛《まぎ》れ込んでしまった感覚の方が強い。限りなく日本に似た余所《よそ》の国。

そんな異国情緒《じょうちょ》溢れる風景の中で、ひときわ目を惹《ひ》く女性がいた。

「♪水の流れ〜を〜見て暮らす〜、東雲《しののめ》の〜ストライキ〜っと」

緋色《ひいろ》に花模様の鮮《あざ》やかな振り袖《そで》を身にまとい、真っ赤な紅を引く彼女は、鼻歌混じりにふらふらと煉瓦通りを歩いている。現代風に言うならスーパーモデルのような高身長だ。いわゆる令嬢《れいじょう》といった奥ゆかしさは毛ほどもなく、化粧《けしょう》も身なりもやたらと派手だが、誰《だれ》もが振り返っては感嘆《かんたん》のため息を漏《も》らすほどの色気と美しさがある。

(鴎外さんに釣り合う人って言ったら、あれくらいの美人だよね……)

もし自分があの人くらい綺麗《きれい》だったら、と思わずにはいられない。

鴎外も鼻が高いだろうし、周囲も婚約者として認めざるを得ないはずだ。「これだけの美人なら家柄《いえがら》など関係ない」と諸手《もろて》を挙げて歓迎《かんげい》の意を示してしまいかねない説得力が、彼女の美《び》貌《ぼう》にはあった。

「ちょっとあんた、なに人のことじろじろ見てるのさ」

「えっ⁉」

彼女と目が合った。

と思ったら、緋色の袖を揺《ゆ》らしながら至近距離《きょり》まで迫《せま》って来る。不機嫌《ふきげん》そうなその眉宇《びう》のかたちすらも美しい。間近で見るとますますその色香《いろか》に酔《よ》いしれそうになった。

「人を親の仇《かたき》みたいに睨《にら》みつけて、言いたいことがあるならはっきり言ってごらんよ。このアタシに喧嘩《けんか》を売りたいってんなら、言い値で買ってやってもいいけどねぇ」

「い、いえっ、そんなつもりはっ。私はただ、あんまりにも綺麗な人だったからつい見とれちゃっただけで」

「あ？　綺麗だと？」

そう言って彼女は、まじまじと芽衣を凝視《ぎょうし》しながら、

「なんだおまえ、どっかで見たことある顔だな。えーっと、どこだったっけか」

「？」

声のトーンが若干《じゃっかん》低くなったように聞こえたのは、気のせいか。

「あーそうだそうだ、思い出したぜ！　鹿鳴館で藤田の野郎《やろう》に絡《から》まれてた娘《むすめ》じゃねえか。いやに度胸のある女がいるもんだって感心してたから、よく覚えて……」

「…………？」

「あーっはっはは、イヤだねえアタシったら！　博多《はかた》育ちなもんでさ、口が悪いってお客にもよく怒《おこ》られるんだよ。まァそれは置いといて、と」

彼女は中腰《ちゅうごし》になり、芽衣に目線を合わせてきた。不機嫌そうだった眉《まゆ》が柔《やわ》らかく弧《こ》を描《えが》き、くっきりとした二重の瞳《ひとみ》が興味深げに芽衣の顔を覗《のぞ》きこんでいる。

「急にいちゃもんつけて悪かったね。最近ちょっと寝不足《ねぶそく》でさ、肌荒《はだあ》れを隠《かく》せる白粉《おしろい》を買いに銀座まで出てきたところだったんだよ。そしたら呪《のろ》い殺す気かってくらいの眼力を飛ばしてくる輩《やから》がいるからさぁ……」

「白粉っ？」

その単語に反応した芽衣は、がばっと身を乗り出した。

「その白粉を塗《ぬ》ったら、私もあなたみたいに綺麗になれるんでしょうか？」

「は？」

「私、いますぐ綺麗にならなきゃいけなくて、でも本屋さんにはファッション雑誌も売ってないし化粧品もいまいち使い方わからないし、相談できる友達もいないし、なんかもうどうしたらいいのかわからなくて、でも鴎外さんには迷惑《めいわく》かけたくなくて」

言い出したら、止まらなかった。

上野精養軒での一件がじわじわと芽衣の胸を締《し》めつける。あの場に現れた彼女たちは、芽衣が付け焼き刃の令嬢ですらないことをきっと見抜《みぬ》いていた。ファミレスにいるのと同じようなノリで席に着く芽衣のことを異質に思っただけでなく、そんな娘を婚約者に選んだ鴎外に対しても、ある種の失望を抱《いだ》いたのではなかったか。

おそらく鴎外自身は、誰に失望されようと意に介《かい》さない。

（でも私は……鴎外さんの足を引っ張りたくないよ）

芽衣は、自分の存在が鴎外にとってマイナスになるのを我慢《がまん》できない。春草の言ったとおり、もしも鴎外が自分のことを思って婚約者《こんやく》という役割を与《あた》えてくれたのなら、なおさら「気の毒な身元不明人」という立場に甘んじているわけにはいかないと思った。

この生活が一生続くわけではないからこそ。受けた恩と同等のものなど返せないから、せめてこれ以上の迷惑だけはかけたくなくて。

「へぇ。なーんかワケアリだねえ」

どんよりと思い詰める芽衣に、彼女は優《やさ》しげな声をかけた。

「でもさ、ひとりの男のために綺麗になりたいだなんて泣かせるじゃないか。あんた、よっぽどそいつに惚《ほ》れてるんだ」

「ちちち違いますっ、そういうんじゃなくて、恩人っていうかその」

「あははっ、なに照れてるんだよ。ま、あんたの女心はよーくわかったからさ。詫《わ》びの印ってわけじゃないけど、アタシがあんたをとびっきりのイイ女にしてあげるよ」

「え？」

ぱっと顔を上げると、彼女は妖艶《ようえん》な笑《え》みをたたえてみせた。

「騙《だま》されたと思って、ほら、ついておいで」ひらひらと手招きしながら歩き出したかと思うと、彼女は振《ふ》り返る。「そうそう、アタシの名前は音奴《おとやっこ》っていうのさ。よろしくね♪」

——音奴について来いと言われ、ノコノコとついて来たのはいいけれど。

「はい到着《とうちゃく》。アタシの庭、神楽坂《かぐらざか》へようこそ」

まさか人力車で神楽坂まで運ばれるとは思わず、芽衣は一気に不安になった。

牛込区神楽坂。現代で言うところの東京都新宿区に位置する繁華街《はんかがい》だ。ゆるやかな坂には江《え》戸《ど》時代からそのまま残る商店が軒を連ねていて、点在する神社仏閣や赤い提灯《ちょうちん》の連なりが、しっとりとした情緒《じょうちょ》を醸《かも》し出している。

「あの……どこに行くんでしょう？　私てっきり、銀座の近くかと……」

「あんた、なんにもわかってないんだねえ。この日本で一番美人が集まる街といったら神楽坂に決まってるじゃないか。銀座や祇園《ぎおん》や向島《むこうじま》なんざ目じゃないよ」

はあ、そうなんですかと頷《うなず》くしかない。

坂の途中《とちゅう》にはいくつもの料亭《りょうてい》があった。料亭といえば時代劇で悪代官が芸者にちょっかいを出す場所、というイメージがすり込まれているので、前を通るだけでも緊張《きんちょう》してしまう。鹿鳴館や上野精養軒とはまた違った種類の場違《ばちが》い感だ。

しばらく坂を上って路地を曲がると、三階建ての大きな洋館にたどり着いた。

個人宅というよりは宿泊施設《しゅくはくしせつ》に近い印象だ。すべてのバルコニーには角ランプが吊《つ》られ、襦袢《じゅばん》姿の女性が何人かこちらを見下ろしている。音奴は彼女たちに手を振った。

「なんだい音奴。その子、新入りかい？」

「まぁそんなトコだよ。かわいい子だろ？　アタシの一番弟子《でし》さ」

軽口を交《か》わしながら建物の中へと入っていく音奴を追いながら、芽衣はますますこの場所がなんなのかわからなくなった。学生寮《りょう》のような施設《しせつ》だろうか？

狭《せま》い階段を上り、長い廊下《ろうか》を歩いたのちに、音奴は六畳《じょう》一間の和室へと芽衣を招き入れた。

どうやらこのフロアは同じような造りの部屋が並んでいるらしい。

「ここがアタシの部屋。どう？　狭いけど悪くないだろ？」

「はあ……」

「ちょっと、なにビクビクしてるのさ。別にここは怪《あや》しいところじゃないよ。そりゃあ、置屋って聞けばいかがわしく思う人もいるかもしれないけど、うちと廓《くるわ》を一緒《いっしょ》にされちゃあ……」

「おきや、って、何屋さんですか？」

と芽衣が尋《たず》ねると、音奴は長いまつげをしばたたかせた。

「あんた、置屋を知らないのかい？」

「……すみません。あの、有名なお店だったりするんでしょうか？　私、最近この時代……じゃなくてこの東京に来たもので、街のこととかよくわからなくて」

そう言いわけすると、音奴は腕《うで》を組んでしばらく考え込んでしまった。そんな悩《なや》める表情もまた美しく、ついぽーっとしてしまう。

「まァ要するに、ここは女を磨《みが》く稽古場《けいこば》なのさ」

音奴は顔を上げ、にっこりと続ける。

「茶道《さどう》や華道《かどう》、三味線《しゃみせん》に太鼓《たいこ》に歌なんかを習うために、日本全国から集まった女の子たちがここに下宿してるってわけ。もちろん、アタシもそのひとり」

「稽古場……ですか」

なるほど、と芽衣は頷いた。学生寮に似た雰囲気《ふんいき》を感じたのはあながち間違《まちが》いではなかったようだ。

ここがどういう目的の施設なのか理解し、ようやく芽衣は安堵《あんど》した。同時に、女子校に遊びに来たような気安さと好奇心《こうきしん》がむくむくと湧《わ》いてくる。

「ここで稽古を積んだら、私も華族《かぞく》のお嬢様《じょうさま》みたいに女らしくなれますか？」

「そりゃあそうさ。女と物の怪《け》はなんにだって化けられるんだ。やる気さえあれば華族の令《れい》嬢《じょう》どころか日本一の芸者にだってなれるだろうよ」

音奴はぱたぱたと扇子《せんす》で扇《あお》ぎながら笑った。お香《こう》らしき上品な匂《にお》いがふわりと漂《ただよ》う。

「でもアタシが思うに、あんたに足りないのは色気だねえ」

ぐさり、と言葉の刃《やいば》が胸に刺《さ》さった。

「それに言っちゃ悪いけど、立ち居《い》振《ふ》る舞《ま》いががさつなのさ。着付けもうまくないし、歩き方も雑だし、なんていうか、西洋人が日本人の真似事《まねごと》をしてるみたいな違和感《いわかん》があるんだよ」

「…………」

音奴の指摘《してき》は鋭《するど》い。その違和感の正体は、芽衣がまだ和装での生活に慣れていないことに起因していた。特に草履《ぞうり》は、鼻緒《はなお》があたるせいか不自然な歩き方になってしまう。

「華族のお嬢様ってのは、だいたい子供の頃《ころ》から舞踊《ぶよう》や茶道を習うものなんだ。そうやって自然と行儀《ぎょうぎ》作法を身につけていくんだけどさ。ま、そんなのは一朝一夕《いっちょういっせき》じゃあ会得できっこないから、ここは手っ取り早く……」

音奴は部屋の隅《すみ》にあった鏡台の前に座り、がらっと引き出しを開けた。中から化粧《けしょう》品の容器を次々と取りだし、台の上に並べていく。

「ほら、ボケっとしてないで顔貸しなよ。ああついでに、その着物もちゃっちゃと脱《ぬ》いで」

「へっ？　脱ぐっ？」

「そう。アタシの着物貸してあげるからさ。女っぽくなりたいなら、もっと派手な着物を着ないとねえ」

そういうものなのだろうか。芽衣はしばし逡巡《しゅんじゅん》したが、美人の言葉以上に説得力のあるものはないので、ここは素直《すなお》に応じることにした。

「っておい、それは脱ぐんじゃねえっ」

「……え？」

すると最後の一枚を脱ごうとする芽衣を、音奴が野太い声で制した。

一瞬《いっしゅん》のうちに風邪《かぜ》でも引いたのかと思うほど声音《こわね》が変わり、びくりとする。

「あ、あ〜らごめんねえ？　新入りの子を叱《しか》る癖《くせ》が抜《ぬ》けなくてさ。そうそう、襦袢は着たままでいいからここに座って。アタシがいまから化粧の仕方を教えてあげる」

音奴はすぐに優しい口調になり、戸惑《とまど》う芽衣の腕を引っ張って鏡台の前へと座らせた。そして「美人水」という液体と「無鉛白粉《むえんおしろい》」と書かれた粉を器《うつわ》に移して手早く混ぜ合わせる。

「いい？　昼の化粧と夜の化粧は違《ちが》うんだ。厚塗《あつぬ》りすればするほど肌《はだ》は白くなるけど、時間が経《た》つと乾燥《かんそう》してひび割れが目立つだろ？　だからアラの目立つ昼間のうちは薄塗《うすぬ》りにしておいた方がいいのさ。……そら、ちょっと冷たいけど我慢しておくれ」

「ひゃあっ！」

芽衣のうなじを、水白粉を含《ふく》んだ刷毛《はけ》がなぞる。そのひんやりとした感触《かんしょく》に肩《かた》が跳《は》ねた。

「あははっ、まったく色気のない声だねえ。あんたそんな調子じゃ、余所の女に惚れた男をかっさらわれちまうよ」

「い、いえ、ですから鴎外さんは、そういうんじゃなくてそのっ」

なぜか、じわじわと耳の付け根が熱くなる。

どうやら音奴は芽衣のことを、片恋《かたこい》に心を砕《くだ》くひたむきな娘《むすめ》と思っているらしい。込み入った事情をうまく説明できず、芽衣が言葉を探しあぐねていると、

「ねえ、まさかとは思うけどさ。その『鴎外』って、森鴎外のこと言ってるのかい？」

音奴は白粉を塗《ぬ》る手を止めて尋ねてきた。

「……鴎外さんをご存知なんですか？」

「そりゃあご存知さ。アンデルセンの『即興詩人《そっきょうしじん》』を翻訳《ほんやく》した森鴎外だろ？　あれは歴史に残る名訳だ！　って、アタシの友達の幻想《げんそう》作家が騒《さわ》いでたからねえ」

（そうなんだ……）

思わぬところで鴎外の話が出て、芽衣はあらためて彼の存在感を強く認識《にんしき》した。と同時に、ますます自分の置かれた立場の怖《おそ》れ多さに気が遠くなる。

「しっかし、そりゃまた大層な相手に懸想《けそう》しちまったもんだ。あんたには恐《おそ》れ入ったよ」

「違うんです、私はただの居候《いそうろう》なんです。たまたま鴎外さんの家にお世話になってるだけで、

鴎外さんも私があの家にずっといるとは思ってないだろうし……」

だからこそ「婚約《こんやく》ごっこ」が成り立つのだ。いつかはいなくなる人間だからこそ一時しのぎが可能になる。

(でも、いつかって、いつ?)

現代に帰れる保証のない自分は、いつまであの家にいられるのだろう。あとどれくらいなら所在を許されるのか。長くいれば鴎外は芽衣を持てあますようになるはずで、いよいよ本当に令嬢との結婚《けっこん》を考える段階となった時の妨《さまた》げになるのは間違いない。

「湿《しめ》っぽい顔するんじゃないよ。せっかくのかわいい顔が台無しだろ?」

先のことを考えると不安でたまらなくなり、つい伏《ふ》し目がちになってしまう芽衣の顎《あご》を、音奴は指でクイと持ち上げた。その艶《つや》っぽいまなざしに見据《みす》えられてドキッとする。

「どういう事情があるのか知らないけどさ、もっと自信持ちなって。どんなに完ぺきな男だって、所詮《しょせん》はただの男だからね。あんたみたいなかわいい子に迫《せま》られたら理性なんてポーンと吹《ふ》っ飛んじまうに決まってるよ」

「さ、さすがにそれはないと思うんですけど……音奴さんみたいな美人ならともかく」

「あはは、そりゃまあ、アタシがあんたより美人なのはたしかだけどさ。でもあんたには若さっていう武器があるんだから、もっと堂々と胸張ってりゃいいんだよ」

音奴はあっけらかんと笑い、薬指に紅を乗せ、芽衣の唇《くちびる》にその色を移した。鮮《あざ》やかな赤に彩《いろど》られた鏡の中の自分は、なんだか別人のような顔をしている。

唇に触《ふ》れる彼女の指は温かい。実の姉がいたらこんな感じなのかな、と芽衣は思う。胸の内を少しだけ吐露《とろ》したぶん、いくらかすっきりしている自分に気がついた。

「それでもまだ自信が持てないって言うんなら、またアタシに会いにおいで。昼は稽古で夜は仕事だけど、夕方ならだいたいここにいるから」

「いいんですか？」

「ああ。これもなにかの縁《えん》だからね」

音奴は鏡越《ご》しに目を細めた。

「ただし、この置屋のことは誰《だれ》にも内緒《ないしょ》だよ。本来なら部外者は立ち入り禁止なんだ。……わかったかい？　あんたの大事なご主人様にも、秘密にしておくんだよ」

神楽坂から人力車を飛ばし、鴎外邸《てい》に着いた頃には夕方六時を回っていた。芽衣は大慌《おおあわ》てで台所に駆《か》け込み、夕餉《ゆうげ》の下ごしらえをしようと袖《そで》をまくるが、すでにフミによって準備は完了《かんりょう》したところだった。

「遅《おそ》くなってごめんなさい。せっかく今日は、私が料理するって決めてたのに」

「芽衣さんは水仕事なんてしなくていいんですよ。ここは私に任せておいてくださいな」

でも、と言いかける芽衣に、フミは神妙《しんみょう》な顔をして首を振《ふ》る。

「手伝ってくださるのはありがたいんですけどね、鶏肉《とりにく》を牛乳で煮《に》る料理なんて考えただけでもゾッとしませんよ。ここだけの話、まだ饅頭茶漬《まんじゅうちゃづ》けの方がマシってもんです」

頼《たの》むからゲテモノ料理は作らないでくれということらしい。クリームシチューと饅頭茶漬けを並列にされるのも切ないものがあるが、芽衣の提案したメニューはまだ一般《いっぱん》家庭に馴染《なじ》みがないようだった。

夕餉の準備ができたから自室にいる鴎外と春草を呼んできてくれと頼まれ、芽衣は二階に上がった。まず春草の部屋のドアをコンコンとノックするが、特に返事はない。

(昼寝《ひるね》でもしてるのかな?)

不思議に思ってもう一度ノックし、ドアに耳を近づけてみると、中からボソボソとつぶやくような声が聞こえてきた。どうやらノックの音に気づいていないようだ。

そしてドアノブを回し、「春草さん?」と声をかけながら部屋の中を覗《のぞ》き込んだ芽衣は、この日で一番奇妙《きみょう》な光景を目《ま》の当たりにすることとなった。

「……ああ、なんて素晴《すば》らしいんだ！　その細くしなやかな触角《しょっかく》、艶やかに光る暗赤色の殻《から》、左右対称《たいしょう》の尾部《びぶ》……さすが縁起《えんぎ》物と言われているだけあって完《かん》ぺきな造形美だよ……君のような完ぺきなモデルには生まれて初めて出会った、まさに運命の出会いといっていい……！」

一瞬、なにが起こっているのか理解できなかった。

大きな皿に盛られた立派な伊勢海老《いせえび》を前に、いつも無表情な春草が頬《ほお》を紅潮させて和紙に筆を走らせている。まるで運命の恋人《こいびと》に出会ったかのような情熱的な台詞《せりふ》を、次から次へと口にしながら。

「そう……その円筒《えんとう》形の曲線がまた最高なんだ……君のように美しいモデルを鍋《なべ》の具材にする奴らはどうかしてるよ……！　ああ大丈夫《だいじょうぶ》、心配しないで！　俺が君を絶対に守ってあげるから……だからその代わり、その愛らしい螯脚《はさみあし》をもっとよく見せてくれるかいっ……？」

「春草さん……」

少し迷ったが、夕餉の時間なので一応声をかけておくことにした。

すると春草は、伊勢海老を口説くのをぴたりとやめて芽衣を振り返る。まるで芽衣の声が催眠《さいみん》術を解除するスイッチだったかと思うくらい、いつもどおりの無表情な春草がそこにいた。

「……そろそろ夕餉なので、下りてきてください」

「ああそう」

素《そ》っ気ない返事も通常どおりだ。その豹変《ひょうへん》っぷりに芽衣は混乱を隠《かく》しきれない。

「なに」

視線を感じたのか、春草はじろりと睨《にら》んできた。

「い、いえ。春草さんって、すごく伊勢海老のことが好きなんだなあって思って」

「は？　別に好きってわけじゃない。普通《ふつう》だよ」

くだらない質問をするなとばかりに返されてしまった。

腑《ふ》に落ちないものを抱《かか》えながら春草の部屋を出て、今度は鴎外の部屋のドアをノックする。

「やあ、帰ってきたのか」

ドアを開けると、書斎机《しょさいき》に向かって書き物をしていた和装姿の鴎外が顔を上げた。

大きな机にはたくさんの本が積み上げられ、だからといって散らかった印象はなく、すべての物があるべき場所に置かれているような据《す》わりの良さがある。本棚《ほんだな》に収められた書物の背表紙はさまざまな言語の題名が記されていて、改めて鴎外の教養の深さを知った気がした。

「なぜ狐《きつね》につままれたような顔をしているんだい？」

鴎外は興味深そうに言いながら立ち上がる。

芽衣は思わず自分の顔に手をやった。さきほどの春草の一件があまりにも衝撃《しょうげき》的すぎたせいで、驚《おどろ》きがまだ顔に残っているのかもしれない。

「夕餉の時間なので春草さんを呼びに行ったんですけど、なんだか様子が変だったんです。伊勢海老に向かってこう、君は素晴らしいとか、運命の出会いだとか、取り憑《つ》かれたように……」

「ああ、それなら気にしなくていい。いつものことだ」

問題ない、とばかりに鴎外は答え、芽衣のもとへとやって来た。

「あれも芸術活動の一環《いっかん》なのだよ。気に入ったモデルを見つけると我を忘れてしまうのだ。己《おのれ》の豹変を本人は自覚していないようだがね」

「……そうだったんですか」

言われてみれば以前、たしか三人で行った牛鍋屋《ぎゅうなべ》で、鴎外が「春草は猫《ねこ》を口説くのだ」などとうそぶいていたことを思い出した。あの時はてっきり冗談《じょうだん》だと思っていたのだが、まさか事実に基《もと》づいた証言だったとは。

(ますます春草さんという人がわからない……)

「あ、夕餉の準備ができました。そろそろ下りてきてくださいね」

用件を伝え、芽衣がドアを開けて部屋から出ようとすると、

「――ちょっと待ちたまえ」

なぜか開けかけたドアを、ばたんと鴎外が閉めてしまう。

ふいに訪《おとず》れた静寂《せいじゃく》。ゆっくりと振り返ると、鴎外は芽衣を包み込むように、ドアに両手をつ

いた。

いつも穏《おだ》やかな彼の瞳《ひとみ》が、心の内を探《さぐ》るように鋭《するど》くなる。それでも口元に笑《え》みはたたえたままだ。

「今日はずいぶんと楽しい外出だったようだが？」

はっとした。夕餉の準備の時間までに帰れなかったことを怒《おこ》っているのだと思った。

「ごめんなさい。夕餉の準備に間に合うように帰ろうと思ってたんですけど、つい時間を読み間違《まち》えてしまって」

「そんなことはどうでもいいのだよ。おまえにはおまえの時間を自由に使う権利があるのだからね。夕餉の準備など間に合わなくても構わない。だが……」

「……っ」

鴎外の親指が、芽衣の唇《くちびる》をなぞる。

その指の腹にうっすらと紅がついたのを見て、ぎくりとした。神楽坂の置屋を出る時、化粧《けしょう》はきちんと落としたと思っていたのに紅が拭《ぬぐ》いきれていなかったようだ。

「フィアンセに隠し事とはいただけない。そう思わないかい？　子リスちゃん」

目が逸《そ》らせない。まっすぐな双眼《そうがん》に射《い》すくめられて芽衣は息を呑《の》む。

芽衣は神楽坂でのことを説明しかけたが、

『ただし、この置屋のことは誰にも内緒だよ』

音奴《おとやっこ》の言葉が脳裏《のうり》によぎり、口をつぐんだ。恩人である鴎外に隠し事をするのは気が引けたが約束は約束なのだ。女同士の秘密を軽々しく口外するわけにはいかない。

黙《だま》ったままでいる芽衣の髪《かみ》に、鴎外が触《ふ》れる。いたずらに髪が指に絡《から》められ、やけに鼓動《こどう》が速くなる。その指先は穏やかだけれど、もう一方の手がしっかりと壁《かべ》をつき、優《やさ》しく逃《に》げ場をふさがれていることに気づく。真綿でできた籠《かご》の中にいるような閉塞感《へいそくかん》に囚《とら》われて芽衣は深く息を吸い込んだ。

「隠し事なんて、そんな」

けれど否定も肯定《こうてい》もできない。この場をしのぐ嘘《うそ》ならいくつか浮《う》かんだが、見透《みす》かされない自信はなかった。

「私……鴎外さんの迷惑《めいわく》になるようなことはしません。信じてください」

窓から差し込む茜色《あかねいろ》を帯びた光はやがて色を失い、薄闇《うすやみ》が部屋の中に沈殿《ちんでん》する。鼻腔《びこう》を漂《ただよ》うのは書棚《しょだな》に陳列《ちんれつ》された古い本の匂《にお》いと、煙草《たばこ》の香《かお》り。

「僕はおまえの悪巧《わるだく》みなど、疑ってはいないのだけどね」

鴎外は芽衣の髪を弄《いじ》りながら、涼《すず》やかな視線を向けてきた。ではなぜ追い詰《つ》められている気分になるのか。

「むしろなにか仕掛《しか》ける予定があるなら、僕にもひと声かけてほしいくらいだ。悪知恵《わるぢえ》ならいくらでも貸そうではないか」

冗談めいた声で小さく微笑《ほほえ》む。いつもの余裕《よゆう》な表情だが、芽衣には鴎外の考えがわからない。こうして引き留められている理由も、息づかいを近くで感じるほどに見つめられている理由もわからないまま、バツの悪さをひた隠しにすることしかできなかった。

広い肩越《かたご》しに見える窓の外には、歪《いびつ》に欠けた月が浮かんでいる。

やがて鴎外は芽衣の頬を軽く撫《な》でてから、ふっと離《はな》れた。

「引き留めてすまない。じきに下に行くと、フミさんに伝えてもらえないだろうか」

「鴎外さん……」

「まだ紅が残っている。きちんと落としておきなさい」

鴎外は革張りの椅子《いす》に座り、机の上の原稿用紙《げんこうようし》に向かい合った。

さらさらと筆を走らせる音が聞こえてくる。芽衣は軽く一礼してから静かに部屋を出て、後ろ手に閉めたドアに寄りかかった。

唇に触れると、指に薄《うす》く紅が乗る。その唇にはまだ、鴎外の体温が残っていた。

第五章　水底ニ眠ルモノ

今この所を過ぎむとするとき、閉《と》ざしたる寺門の扉《とびら》に倚《よ》りて、声をのみつつ泣くひとりの少女あるを見たり。年は十六、七なるべし。かむりし巾《きれ》を　髪の色は、薄きこがね色にて、着たる衣《きぬ》は垢《あか》つき　とも見えず。我が足音に驚かされてかへりみたる　、余に詩人の筆なければこれを写すべくもあらず。この　清らにて物問ひたげに　を含《ふく》める目の、

「ああ、まただ」

その夜、書きかけの原稿用紙を手に取った鴎外は思わず嘆《なげ》きの声をあげた。

黒々とした墨《すみ》で書き記したはずの文字が、涙《なみだ》を滲《にじ》ませたかのような薄墨色《うすずみいろ》に変化し、風に煽《あお》られた花びらの如《ごと》く無残にも原稿用紙の上に散っている。

言葉に魂《たましい》が宿るとするならば、いま目の前にあるのは魂の抜《ぬ》けた残骸《ざんがい》に過ぎない。一度こうなってしまえば『魂依《たまより》』ではない自分に講じる手段もなく、鴎外はやれやれと独りごちながら窓の外へと目をやった。書斎の窓から見える星空には楕円《だえん》の月が浮かび、野犬の遠吠《とおぼ》えが間延びした夜にたなびいていた。

やがて控《ひか》えめにドアが叩《たた》かれたのち、若き画家志望の居候《いそうろう》が顔を覗《のぞ》かせる。

「鴎外さん。いまからちょっと出かけてきます」

襟巻《えりま》きを整えながら春草は言った。この上なく不機嫌《ふきげん》そうな面持《おもも》ちだ。

「おや。こんな遅《おそ》くにかい？」

「また逃げられたんです」

春草は淡々《たんたん》と告げる。

「課題の提出日が迫《せま》っているので、散歩がてら新しい題材を探そうと思いまして」

「ふむ、それは奇遇《きぐう》だ。実は僕も、たったいま逃げられたところなのだよ」

二人はしばし顔を見合わせ、共に深いため息をついた。

優《すぐ》れた創作物には魂が宿ると言われている。その魂は人目を忍《しの》んで創作物から抜けだし、『化《ばけ》ノ神《かみ》』と呼ばれる物の怪《け》となって巷《ちまた》を徘徊《はいかい》するのだ。世間には幾《いく》種類もの物の怪が存在しているが、とかく芸術家と呼ばれる類《たぐ》いの人々は古今より『化ノ神』の存在に悩《なや》まされ続けてきた。

今夜、鴎外の小説から抜けだしたのは独逸《ドイツ》人のヒロインだった。主人公が伯林《ベルリン》の街で出会った踊《おど》り子の少女。あともう少しで書き終わるという段階だったのに、主要人物に逃げ出されてしまってはこれ以上筆を進めることはできない。『化ノ神』が創作物の中に戻《もど》るか否《いな》かは神のみぞ知る顛末《てんまつ》で、戻らずじまいのまま未完で筆を置くこともこれまであった。

「散歩はいいが、夜道には気をつけるのだよ」

鴎外は暗い窓の外を見上げた。

いまの時分は、人ならざるモノたちの影《かげ》がもっとも濃《こ》くなる、夢と現《うつつ》のあわいの時。日暮れから夜明けにかけての、俗《ぞく》に言う『朧《おぼろ》ノ刻《とき》』だ。

「ああついでに、黄金色の髪と碧《あお》い瞳《ひとみ》の独逸美人を見かけたら伝えてくれたまえ。いつまでも油を売っていないでここに戻るように、とね」

「では鴎外さんも、大きな伊勢海老《いせえび》がこの付近をうろついていたら声をかけてください。いますぐに俺の絵の中に戻るように、と」

今度は伊勢海老か、と鴎外は天を仰《あお》いだ。春草の描《えが》く題材は動物が多く、これまでも幾度《いくど》となく絵の中から鹿《しか》やら猪《いのしし》やらが抜けだした。

「しかし、仮におまえの描いた伊勢海老を見かけたとしてもだ。海産物にはどの言語で話しかけるべきだろう？　これは極《きわ》めて重大な問題だ。日本語が通じればいいのだが」

肩《かた》をすくめて軽口を叩くと、春草も同じように肩をすくめた。

「どのみち、俺たちに物の怪の姿は見えませんから。その答えは『魂依』に聞くしかありませんよ」

あいにく鷗外の身近には魂依の能力を持つ人間はいなかった。常人の目には視《み》えない、人ならざるモノ――つまり物の怪を実際に視ることができるのは、魂依と呼ばれる特殊《とくしゅ》な人々だけなのだ。

「もしくは、妖邏課の藤田さんなら詳《くわ》しいんじゃないですか」

「うーん、藤田警部補か」

鴎外は思案げに腕《うで》を組む。

警視庁妖邏課警部補である藤田五郎とは、芽衣を巡《めぐ》って鹿鳴館で一悶着《ひともんちゃく》を起こしたばかりなのだった。

「できれば彼とは、いま少し距離《きより》を置いておきたいのが正直なところではあるなあ……」

鹿鳴館のあの夜、鴎外は藤田を前にして、芽衣をフィアンセだと騙《かた》った。

とっさについたその嘘を見抜《みぬ》けないほど、藤田の目は節穴ではないはず。

しかしそれは最初から承知の上だ。警察を管轄《かんかつ》する内務省と陸軍省の折り合いの悪さはいまに始まったことではなく、加えて藤田は自らの勘《かん》に忠実な男であり、どんなに言い繕《つくろ》ったとしても彼の鴎外に対する疑念が拭《ぬぐ》われることはなかっただろう。

藤田がサーベルを抜かなかったのは、あの場が鹿鳴館という特殊な場所であったからに過ぎない。さしもの鬼《おに》警部補も、露西亜《ロシア》の要人の前で警察と軍人が衝突《しょうとつ》する事態は好ましくないと考えたはずだ。至極賢明《しごくけんめい》な判断だと鴎外も思う。

「珍《めずら》しいですね、鴎外さんが警察を疎《うと》んじるなんて。いつもはどんなに絡まれても動じないのに」

「別段、疎んじているわけではない。少々面倒《めんどう》だと思っているだけだ」

「面倒だと思うなら、最初からあんな子に関《かか》わらなければよかったんじゃないんですか」

春草は平坦《へいたん》な声で指摘《してき》した。

「……って、いつもの鴎外さんなら、そう判断すると思ったんですが」

芽衣を鹿鳴館から連れ帰ったのは理性的な鴎外らしからぬ行動だと、春草は言外に告げていた。

指摘されるまでもない。鴎外自身もそう思うのだ。私人ではなく公人として生きてきた自分が、あの夜は些細《ささい》なきっかけでほんのわずかに道を逸《そ》れた。いや意図的に逸らしたのか――。

鴎外は机に肘《ひじ》をつき、片眉《かたまゆ》を上げる。

「春草。僕はたまにおまえのことを、母の放った目付役ではないかと錯覚《さっかく》することがある。そうならそうと正直に打ち明けてほしい。言い値の賄賂《わいろ》を支払《しはら》うから、僕に寝返《ねがえ》ってはくれまいか。この屋敷《やしき》での自由な生活が僕に残された最後の砦《とりで》なのだよ」

はあ、と春草は息を漏《も》らした。

「……さりげなくはぐらかされたような気がしますけど、まあいいです。あの子の同居は予想外でしたが、俺は平和な環境《かんきょう》で絵が描ければそれでいいので」

そう言って、春草はドアノブを握《にぎ》りしめた。

「早く戻るといいですね、彼女」

「芽衣なら部屋にいると思うが？」

「そっちじゃなくて。小説に出てくる独逸のご婦人のことです」

ため息にため息を重ねるように春草は続ける。

「……そのご婦人の名前は？」

尋《たず》ねられ、鴎外は原稿《げんこう》用紙に視線を落とした。

伯林・クロステル街でひとりうずくまり、泣《な》き濡《ぬ》れていた年若き踊り子。黄金色の髪《かみ》をした美しい彼女の名前は――。

「エリス」

短いつぶやきが、夜のしじまに霧散《むさん》した。


芽衣が鴎外邸に居候を始めてから、二週間。

今日は午前中に屋敷の掃除を済ませてから、音奴のいる神楽坂の置屋へとやって来た。

「いい？　令嬢修業《れいじょうしゅぎょう》に必須《ひっす》なのは、小笠原《おがさわら》流っていう礼式なのさ」

と、音奴は語る。

「あんたフォークやナイフはまともに使えるみたいだけど、箸《はし》の使い方がまるでなっちゃいないねえ。食事の時、箸が食べ物に触《ふ》れていい長さは六分《ぶ》。いい？　一寸でもなく一寸五分でもなく、たったの六分しか使っちゃいけないんだよ、世間のお嬢様《じょうさま》方は」

彼女の言う「六分」とは、芽衣の目分量だとだいたい二センチぐらいだ。

二センチ。たったそれだけの長さしか箸を汚《よご》すことが許されないのが上流階級で生きる令嬢たちの世界。間違《まちが》っても炊《た》きたてのご飯の上に牛鍋《ぎゅうなべ》の具を載《の》せてかきこむような真似《まね》は認められないし、物理的にも不可能だ。

用意されたお膳《ぜん》を目の前に、芽衣は箸を構えた。置屋のまかないは一汁《じゅう》二菜のシンプルなメニューだが、焼き魚の攻略《こうりゃく》はハードルが高い。息を深く吸い、おそるおそる骨を外しにかかると、即座《そくざ》に「こらぁッ」と叱咤《しった》が飛んできた。

「六分しか使っちゃ駄目《だめ》だって言っただろ？　そんなに急いで食べようとしなくったってさ、誰《だれ》もあんたの魚を横取りしやしないよ。もっとゆっくり、優雅《ゆうが》に食べるんだ優雅に」

「す、すみません」

音奴の指導は容赦《ようしゃ》がない。だが、「私に礼儀《れいぎ》作法を叩《たた》き込んでください」と頼《たの》んだのはほかでもない芽衣自身だ。箸の使い方ひとつも学ばないうちに音を上げるわけにはいかなかった。

「その魚、まだあったかいだろ」

「え？」

「アタシたち庶民《しょみん》はね、あったかいご飯が食べられるだけ幸せなのかもしれないよ、ってこと。何千坪《つぼ》の大御殿《ごてん》なんざ、お膳所と食堂がえらく離《はな》れてるからね。料理が食卓《しょくたく》に運ばれる頃《ころ》にはすっかり冷めきってるって寸法さ。『貴族の猫舌《ねこじた》』って聞いたことあるだろ？」

芽衣が首を振《ふ》ると、音奴は「あんたホントに世間知らずだねえ」と呆《あき》れたように笑った。

「子供の頃から冷めた料理に慣らされたお嬢様は、逆に熱い料理が食べられなくなるんだよ。味噌汁《みそしる》でも茶でもなんでも、ぬるくなってからじゃないと口にできないんだってさ」

「それは……なんて気の毒な……」

しみじみと芽衣はつぶやいた。

「じゃあ、お嬢様はアツアツの牛鍋が楽しめないってことですよね？　まあ牛鍋は冷えてもご飯に合いますけど、でもやっぱり、目の前で煮《に》えたそばから口に運ぶのが牛鍋の醍醐味《だいごみ》だと思うんです。あの舌を火傷《やけど》するかどうかのせめぎ合いと肉の権利を牽制《けんせい》しあう空気感が食卓にさらなるドラマを」

「ああもう、あんたが肉好きなのはよくわかったよっ」

音奴は持っていた扇子《せんす》でトントン！　と膳を叩く。

「じゃあなおさら、いまの環境に感謝するんだね。ひとつの鍋を大勢で囲むのは下品だって教えてる家もあるんだ。そんな親のもとに生まれてたらあんた、まず牛鍋なんか食べさせてもらえなかっただろうよ」

それはあまりに悲しすぎる。芽衣はあらためて真の令嬢たる厳しさを学んだような気がした。牛鍋の件は抜《ぬ》きにしても、だ。

「……お金持ちのお嬢様って、ただ綺麗《きれい》な服を着てればいいだけじゃないんですね」

裕福《ゆうふく》な家に生まれたからといって、甘やかされていると決めつけるのは間違いだ。家柄《いえがら》の格式が高ければ高いだけ躾《しつけ》は厳しいだろうし我慢《がまん》することも多いはず。

本人たちにしてみればそれが当然の日常だとしても、常に令嬢然としていなければならない立場というのは決して楽ではないだろう。品格とは先天的な才ではなく、日々の積み重ねがあってこそのスキルなのかもしれないと考えを新たにさせられた気分だった。

「ま、金持ちにもいろいろさ。アタシはこれみよがしに付け金歯なんかはめてる金満野郎《やろう》は大《だい》嫌《きら》いだけどね。もちろん、金払《ばら》いのいい客としてなら話は別だけど」

「……客？」

「ん？　……ああ！　客っていうのはね、つまり……アタシたちの芸を観《み》に来るお客さんのこと。たまに発表会を開くんだよ。お偉《えら》い人を集めて、酒なんか振る舞《ま》ったりしてね」

へえー、と芽衣は身を乗り出した。音奴のような美しい女性たちが一堂に会したら、さぞかし華《はな》やかなことだろう。その発表会とやらに俄然《がぜん》興味が湧《わ》いてきた。

「私も観に行ったら駄目ですか？」

「へっ？」

音奴は小首を傾《かし》げた。

「あ、でも偉い人ばっかりが集まる会なんですよね。じゃあ駄目か……」

「いや、駄目ってことはないけどさ。いる分には構わないし、あんたみたいな気立てのよさそうな子が手伝ってくれたら、なにかと助かるだろうけどねえ」

「私、手伝います！」

芽衣ははりきって挙手をした。

「掃除《そうじ》でも呼び込みでも席案内でも、なんでもします。大して役には立たないと思うんですけど、皆《みな》さんの晴れ舞台《ぶたい》が観られるならなんでもしたいんです」

「そりゃ嬉《うれ》しいけどさ、たぶんあんたが思ってるような会とは、ちょっと違《ちが》うんじゃないのかねえ……」

どこか歯切れの悪い物言いだった。やはり自分のような部外者が立ち入るのは好ましくないのだろうか。しかし、できることならこの好機は逃《のが》したくない。

「お願いします。勉強させてください」

そう頭を下げると、音奴は長い髪を背に払《はら》い、しばらく黙《だま》ったまま芽衣を見つめてきた。

同性とはいえ相手が美人すぎるだけに、見られているだけで妙《みょう》に緊張《きんちょう》した。やがて障子戸の隙間《すきま》から西日が差し込み、畳《たたみ》が茜色《あかねいろ》に染まる。どこからともなく豆腐《とうふ》屋や納豆《なっとう》屋のかけ声が聞こえてきて、部屋中が夕暮れ時の気配に満たされる。

「ど、どうしたんですか？」

不自然な沈黙《ちんもく》を破ると、音奴はゆっくりとかぶりを振った。

「いや？　ただあんたみたいに一途《いちず》な子が、なんで報《むく》われないんだろうって思ってさ」

真面目《まじめ》な顔で彼女は続けた。

「あんた、自分の家も親の顔も覚えてないんだろ？　そんな右も左も定《さだ》かじゃない状況《じょうきょう》でさ、よくもまあがんばれるもんだって感心してるんだよ。見るからに根性《こんじょう》なさそうなくせして、こんなわけのわからないところに好きこのんで出入りする度胸もある。普通《ふつう》の男なら、とっくにほだされてるんじゃないのかねえ……」

ひとりごとのようにつぶやき、音奴は芽衣へと手を伸《の》ばした。

頬《ほお》に指が触れ、どきっとするのと同時に頬肉を軽くつねられる。ふにふにと弄《いじ》りながら音奴は気を取り直したように笑った。

「ま、でもあんたはまだガキだ。女扱《あつか》いされるには十年早いってね」

芽衣はがくりと肩《かた》を落とした。自分が子供っぽいのはよくわかっているが、あらためて指摘《してき》されるとそれなりにショックだ。

「あはは、落ち込むんじゃないよ。あんたががんばり屋なのは認めてあげるからさ」

「……ぜんぜんがんばり屋じゃないです。私」

謙遜《けんそん》ではなく、そう思う。

本来の自分は、度胸も根性もなければ、前向きにがんばる性格でもないような気がした。目立ちすぎず地味すぎず、集団の中にちょうどよく溶《と》け込める中間くらいの位置を維持《いじ》できればそれだけで満足で。

かなり曖昧《あいまい》な記憶《きおく》ではあるが、現代での自分は突出《とっしゅつ》した長所もなく、かといって目に余るような問題児でもない、ごく普通の女子高生だったのではないかと思う。だから音奴の自分に対する評価は、嬉しくもあるがどこか他人事《ひとごと》のようにも聞こえるのだった。

「そうかい？　アタシには、あんたは一生懸命《いっしょうけんめい》やってるように見えるけどね」

音奴は目を細め、芽衣の頭をぐりぐりと撫《な》でた。

「たまには自分で自分を褒《ほ》めておやりよ。誰も褒めてやらないんじゃかわいそうだろ？　あんたはさ、まあちょっとガキっぽいのが気になるけど……がんばり屋で一途でかわいくて、いい女になる素質を十分に持ってる子さ。なんなら、アタシが嫁《よめ》にもらってやってもいいくらいだよ」

あはは、と芽衣は声をあげて笑った。

音奴の軽口には、心が少し楽になる作用がある。彼女とは礼儀《れいぎ》作法を教わる合間にいろんな話をした。自分に関する記憶がなく、鹿鳴館で出会った鴎外の家にお世話になっていることを打ち明けると、音奴は心底気の毒そうに同情してくれたのだ。

(音奴さんは、本当にいい人だなあ)

鴎外に黙って神楽坂を訪《おとず》れている罪悪感は常にあったが、同性の友人と過ごす気安さはどうにも手放しがたいものがあった。それに置屋に出入りする女性たちは皆美しく、彼女たちを見ているとますます令嬢修業《れいじょうしゅぎょう》に身が入る。

「じゃあさ、近いうちに例の発表会に連れてってあげるよ。その代わり、アタシたちの仕事をしっかり手伝うんだよ？」

音奴は言い聞かせるように言った。

「はい、もちろんです」

「帰りは少し遅《おそ》くなるかもしれないけど、それはいいのかい？」

うっ、と言葉に詰《つ》まった。あまり夜遅くなると鴎外に心配をかけてしまう。とはいえ音奴との約束もあることだし、正直に詳細《しょうさい》を話すわけにもいかない。

「ははあ。さてはうまい言い訳が思いつかないんだろ？」

芽衣の逡巡《しゅんじゅん》を見て取ったのか、音奴は図星を指してきた。

「じゃ、あんたのご主人様にはこう言いなよ。松旭斎天一《しょうきょくさいてんいち》の舞台を観に浅草に行くって」

「しょーきょくさい、てんいち？　誰《だれ》ですか、その人」

「あんたってホントに流行《りゅうこう》に疎《うと》いねえ。最近話題になってる奇術師《きじゅつ》を知らないのかい？」

――奇術師？

その刹那《せつな》、芽衣の脳裏《のうり》に、シルクハットの男の姿が浮《う》き上がる。

鼓膜《こまく》に蘇《よみがえ》る陽気な口上。即席《そくせき》の舞台に置かれた黒い箱。ガス灯が輝《かがや》く真夜中の公園。

薄笑《うすわら》いを浮かべる男の背後に昇《のぼ》るのは、禍《まが》い物みたいな赤い満月――。

「西洋奇術博士って触《ふ》れ込みでさ、東京府内のあちこちに出没《しゅつぼつ》して不思議な奇術を披露《ひろう》してるらしいのさ。それが見事な腕《うで》らしくてね、見せ物小屋のからくり人形なんざ見てる場合じゃないってんで、興行がある日は劇場が大賑《おおにぎ》わいだって話なんだよ」

「そ、その人っ、シルクハットに燕尾服《えんびふく》着てませんかっ？　臙脂色《えんじいろ》のちゃらちゃらした感じのスーツで、見るからにうさんくさくて、チャーリーとかいう怪《あや》しい名前のっ」

畳《たた》みかけるように尋《たず》ねると、音奴は「はあ？」と眉《まゆ》を寄せた。

「ちゃーりーって誰さ。アタシが言ってるのは松旭斎天一のことだよ」

「……あ」

「アタシもまだ実際に観《み》たことはないんだけどさ、聞いた話じゃ派手な着物を着てるらしいよ？　あんたの言ってる輩《やから》とは別人なんじゃないのかい？」

「…………」

身を乗り出しかけた芽衣は、再びちょこんと座布団《ざぶとん》に腰《こし》を下ろした。

（そうだよね。マジシャンなんてこの時代にもいっぱいいるだろうし）

名前も服装も異なれば別人である可能性は大だ。ふう、と芽衣がため息をついて手元を見たその時、窓の外から犬の吠《ほ》える声が聞こえてきた。あまりにも激しいその咆哮《ほうこう》に、芽衣と音奴は何事かと外を見下ろすと、

「うわあああああぁ、たたたた助けてえええええぇ」

学生帽《がくせいぼう》に詰め襟《えり》姿の青年が、絶叫《ぜっきょう》しながら置屋の路地に走り込んできたところだった。

年齢《ねんれい》は芽衣と同じくらいの細身の書生だ。肩より短く切り揃《そろ》えられた髪《かみ》が風に弾《はず》み、大きな瞳《ひとみ》が恐怖《きょうふ》におののいている。そしてなぜか、その細い肩には白いウサギが乗っかっていた。

（……なんでウサギ？）

インコやオウムならまだしも、ウサギを肩に乗せて街に出《い》でるとは斬新《ざんしん》だ。などとのんびり感心している場合ではないらしい。見るからに獰猛《どうもう》な野良《のら》犬が青年を追いかけてきたのだ。

「わああっ、犬、犬が来たあぁっ、だだだ誰かあぁっ」

「あーっはっはっは！　鏡花《きょうか》ちゃんじゃないか！」

必死に助けを求めている青年に対し、音奴は外へと身を乗り出して声高らかに笑った。ぱちぱちと手を叩《たた》き、腹を抱《かか》え、さらには目尻《めじり》に涙《なみだ》を浮かべたりと、喜劇でも観賞しているかのような景気のいい笑いっぷりだ。

「ほーら、さっさと逃《に》げないと嚙《か》みつかれちまうよ！　もっと速く走れないのかいっ？」

「う、うるさいいぃ！」

青年は追いかけてくる野良犬を何度も振《ふ》り返りながら、音奴に反論する。

「べ、別に僕は、犬から逃げてるわけじゃないんだよっ！　ただちょっと、日頃《ひごろ》の運動不足を解消しようとしてるだけで」

「ワンワンワンワン！」

「うわ――――っ！」

青年は顔面蒼白《そうはく》になり、置屋の周辺をぐるぐると駆《か》け回る。高みの見物を決め込んでいる音奴は助ける気など微塵《みじん》もないらしく、さすがに気の毒になってきた。

「あの！　そっちじゃなくて、右の角の、魚屋さんの物置に逃げるといいですよ！」

たまらず芽衣は大きな声で叫《さけ》んだ。物置の中に逃げ込んで引き戸を閉めればひとまずは安全を確保できるはずだ。

「はあっ!?　物置がなんだって言うんだよっ！」

「だから、そこの角の魚屋さんの物置なら安全ですって！」

「さ、魚屋の物置なんて冗談《じょうだん》じゃないっ！　そんなナマモノだらけの個室に入るぐらいなら犬に噛み殺された方がマシだよっ！　役に立たないなあ、もうっ！」

「は……い……？」

どう考えてもお役立ち情報だと芽衣は思うのだが、彼はその助言を採用する気はないようだ。どこに逃げも隠《かく》れもせず、ひたすら同じ順路をぐるぐると走り回っている。

「あははっ、ホントに役に立たない助言だねえ」

音奴はあっさりと青年に同意した。

「あの子、極度の潔癖症《けっぺきしょう》なんだよ。刺身《さしみ》でもあんぱんでも酒でもなんでも、身体《からだ》に触れるものはなんでも殺菌《さっきん》消毒しなきゃ気が済まないんだ。狭《せま》い個室でナマモノに囲まれるなんざ、あの子にとってみれば拷問《ごうもん》とおんなじさ」

「そ、そうだったんですか……」

納得《なっとく》はしたが、それでも犬に噛まれるよりは痛手が少ないのではと思ってしまう。なんにせよ苦難の多そうな人生だ。

「あんたに話したことあったっけ？　あの子、アタシの友達でね。幻想《げんそう》作家の泉鏡花《いずみきょうか》って言うんだけど」

「泉鏡花？」

どこかで聞き覚えのある名前に反応すると、音奴は「知ってるのかい？」と嬉《うれ》しそうに言う。

「あの子も有名になったもんだねえ。まァなにかの機会に顔を合わせることもあるかもしれないけどさ、仲良くしてやっておくれよ。年の近いモン同士だから、気も合うだろうし」

果たしてそれはどうだろう、と芽衣は思うのだ。現に春草とも年は近いが、気が合っているとは言いがたい。むしろ迷惑《めいわく》がられているような気配をひしひしと感じている今日この頃《ごろ》だ。

「ところであのウサギ、いつも連れ歩いてるんですか？」

「ウサギ？」

芽衣の問いに、音奴はきょとんとする。

「ほら、あの人の肩《かた》に、すごく器用にしがみついてる白ウサギ」

さっきから落ちやしないかとひやひやしているのだが、白ウサギは涼《すず》しい顔で定位置にちょこんと収まっている。その丸みを帯びた佇《たたず》まいはぬいぐるみに見えなくもなく、けれども耳や足はぴょこぴょこと愛らしく動いているのでやはり本物のウサギなのだろう。

「あんたなに言ってるのさ。ウサギなんてどこにもいやしないじゃないか」

「えっ？　でも、ほらあそこに」

「そうそう、ウサギと言えばさ、鏡花ちゃんは大のウサギ好きでねえ。恥《は》ずかしがって自分じゃ認めないけど、密《ひそ》かにウサギの小物を集めたりしてるんだよ。あはは、かわいい子だろ？」

「？　はい……」

軽く流されてしまった。音奴はなぜか白ウサギの存在に気づいていないらしい。不思議に思いながらもう一度ウサギを確認《かくにん》しようと下を覗《のぞ》くと、すでに青年はどこかへ逃げてしまった後だった。


その夜、鴎外は珍《めずら》しく帰りが遅《おそ》かった。なんでもドイツの留学時代に世話になった人が来日していて、料亭《りょうてい》で夕餉《ゆうげ》の会が行われたらしい。結局、彼が帰宅したのはいつもの就寝《しゅうしん》時間を回ったころだった。

芽衣は自室のベッドに横たわったまま、ぼんやりと窓の外を見上げている。

正直、鴎外と長い時間顔を合わさずに済んだことにホッとしている自分がいた。彼に隠し事をしているという罪悪感が、時間が経《た》つにつれて徐々《じょじょ》にではあるが増幅《ぞうふく》しつつあったからだ。

(別に悪いことしてるわけじゃないのに、なんで後ろめたいんだろ)

正直に話せばすっきりするのだろうが、音奴との約束以前に、「神楽坂で令嬢修業《れいじょうしゅぎょう》を積んでます」とわざわざ鴎外に申告するのもいかがなものかと思うのだ。ただのフィアンセ代理である自分に、彼がそこまで完ぺきな令嬢像を求めていないことも重々わかっている。

(……早く現代に帰りたいな)

記憶《きおく》のすべてが戻《もど》らなくても、せめて現代に帰りたい。こうしてひとりになるとしみじみ思う。

家族や友人が待っているはずの本来の居場所に戻りたい。自分が何者なのかもわからないいま、この時代であてもない先々のことを考えると不安で胸が押しつぶされそうになる。

「早く……」

早く帰りたいと、唇《くちびる》から言葉がこぼれたその時だった。

月の光がわずかに差し込む窓際《まどぎわ》に、ぼんやりと白いものが浮《う》き上がる。

最初はカーテンが揺《ゆ》れているのかと思った。けれど窓はしっかりと閉められて隙間《すきま》風が入るはずもなく、やがて白い靄《もや》のようなそれは人のかたちを作って芽衣の目前に現れた。

人のかたち、ではなく、人そのものだ。

芽衣の全身が硬直《こうちょく》した。まばたきをすることも叶《かな》わない。秒を追うごとにその存在は強くなり、白いドレス風の洋服を身にまとった女性の姿となる。ゆるい癖《くせ》のある黄金色の髪が、月光を受けてわずかにきらめいて——。

「う……わぁぁあぁぁっ……！」

声をあげた瞬間《しゅんかん》、身体が動いた。芽衣はベッドから飛び上がり、脱兎《だっと》の如《ごと》くドアへと走る。足元がもたついて転びそうになりながらもどうにかドアノブを掴《つか》むが、手のひらが汗《あせ》で滑《すべ》ってうまく回すことができない。背中から忍《しの》び寄ってくる恐怖《きょうふ》に意識を失いかけた時、

「——芽衣？」

ドアが開き、和装姿の鴎外が顔を覗かせた。

いつも穏《おだ》やかな笑《え》みを浮かべている彼が、心配そうな表情で芽衣を見下ろしている。

その顔をひとめ見たと同時に、芽衣は彼へとしがみついていた。胸元《むなもと》に鼻をぎゅっと押しつけ、羽織を握《にぎ》りしめる。煙草《たばこ》とインクの混じったような匂《にお》いが不思議と芽衣の心を落ち着かせていく。

「どうした、子リスちゃん」

「お……おばけが出たんですっ」

震《ふる》える声で芽衣は訴《うった》えた。

「そ、そこに、白い服を着た女の人の幽霊《ゆうれい》がっ」

「幽霊？」

鴎外は芽衣の身体を包み込むように抱《だ》きしめたまま、室内をしばらく見回していた。

「はて。なにもいないようだが」

「そんなはずないです、いま、そこの窓際に」

おそるおそる振り返る。けれども、そこにはなんの気配もない。格子《こうし》窓の影《かげ》が床《ゆか》に落ちているだけの静かな光景が保たれている。目をこすり、何度まばたきしても変化はない。

「あ……れ……？」

「怖《こわ》い夢でも見たのかい？　さては寝《ね》ぼけていたのだろう」

鴎外の指摘《してき》はもっともだった。

自分では寝ている自覚はなくても、すでに夢の中へと片足を突《つ》っ込んでいたのかもしれない。

だがその一方で、あれは夢なんかじゃないと確信している自分もいた。

夢の出来事にしておきたい気持ちを、以前から絶えずまとわりついている違和感《いわかん》が否定するのだ。あれは夢や幻覚《げんかく》のような曖昧《あいまい》なものではなく——仮に曖昧な存在だったとしても、己《おのれ》の目に映ってしまった事実には変わりないのだと。

「……鴎外さん。このお屋敷《やしき》って……もしかして、いわく付きの心霊《しんれい》スポット的な……」

失礼を承知で尋《たず》ねると、鴎外は「?」と疑問符《ぎもんふ》を浮かべた。

「いまのところ、この屋敷で心霊体験が報告された例はないよ。たとえ物の怪《け》が現れたとしても、どのみち僕や春草やフミさんには感知することができないだろう?　僕らは魂依《たまより》ではないのだからね」

魂依、と、芽衣はたびたび耳にする単語を復唱した。

(たしか、物の怪を視《み》ることができる人だって言ってたよね……)

じわりと手のひらに汗が滲《にじ》む。

芽衣は心の中で自問自答を繰《く》り返した。魂依なんて自分には関係のない話だ。ではさっき視た白いドレスの幽霊は?　日比谷公園で遭遇《そうぐう》した首の長い女性は?

もはや気のせいでは済まない材料が揃《そろ》いつつあり、頭の中が混乱する。

(じゃあやっぱり、この時代には物の怪が普通《ふつう》にいるってこと?)

この時代の人々は、物の怪という存在を現実のものとして認識しているということなのだろうか。――視える視えないはともかくとして。

「……鴎外さん。その物の怪っていうのは、どこにでもいるものなんですか?」

と尋ねると、彼は虚《きょ》を衝《つ》かれたように間を置いてから、「ああ」と頷《うなず》いた。

おそらく、そんな一般常識《いっぱん》をあえて質問されるとは思わなかったのだろう。想像以上に芽衣の記憶喪失《きおくそうしつ》は深刻だと考えているのかもしれない。

「昔に比べれば、その数はずいぶんと減ったようだがね。少なくとも警視庁妖邏課という部署が機能する程度には、物の怪絡《がら》みの事件は多く報告されている。……おまえも鹿鳴館で藤田警部補に会っただろう？」

芽衣はこくりと頷いた。鹿鳴館で厳しく詰問《きつもん》された時の不安や恐怖が、その名前とともに蘇《よみがえ》ってくる。

「彼こそが妖邏課を取り仕切る人物だ。鹿鳴館ではたまたま要人の警護にあたっていたようだが、彼の本来の担当は人間ではなく物の怪なのだよ。物の怪が悪さをしたと聞きつければ、魂依の力を持つ部下を連れてどこへでも駆《か》けつける。それが妖邏課という部署なのだが……」

しかし、と鴎外は芽衣を見据《みす》えた。

「まさかおまえも、魂依なのではないだろうね？」

芽衣はしばらく間を置いたのちに、ゆっくりと首を振《ふ》った。

ほかに答えようがないのだから仕方ない。誰《だれ》かに認定されたわけでもなく、身体《からだ》に目印のようなものがあるわけでもないのだから。

「はは、ではやはり、さっきは寝ぼけていただけなのだろう」

真面目《まじめ》な様子から一転して、鴎外はさらりと笑い飛ばした。

「僕はてっきり、この部屋に泥棒《どろぼう》でも入ったのかと思ったのだよ。とにかくおまえが無事でなによりだ」

「さっきはすみませんでした」

夜更《よふ》けだというのに悲鳴をあげ、わざわざ家主を呼びつけるような真似《まね》をしてしまった。すると鴎外は、大して意に介《かい》した様子もなく、

「なにを言う。大きな声で知らせてくれなければ、僕がおまえのもとに駆けつけることができないではないか」

「で、でも、近所迷惑《きんじょめいわく》だったんじゃないかと」

「近所のことなどどうでもいい」

彼の手が、優《やさ》しく芽衣の背中を撫《な》でる。

そこで初めて芽衣は、自分がずっと鴎外にしがみついたままでいたことを思い出した。恥《は》ずかしくなって慌《あわ》てて離《はな》れると、二人の間にわずかな距離《きょり》と沈黙《ちんもく》が生まれる。

背中に残ったそのぬくもりが静かに失われていくのを、やけに心細く感じた。

けれど安堵《あんど》を得るために再びしがみつけるほど図々《ずうずう》しくはなれないし、そんな権利もないから、芽衣はただ黙《だま》って適切な距離を保つ。家主と居候《いそうろう》という、近しい他人同士にとって自然な

距離感を。

「まだ怖いなら、僕の部屋に来るかい?」

「……え?」

鴎外はすぐに、素知らぬ顔で廊下《ろうか》を歩き出した。淡《あわ》い笑みだけを残して。


音奴から例の発表会に招待されたのは、それから三日後のことだった。

会場は上野にある韻松亭《いんしょうてい》という料亭《りょうてい》で、夜の六時から八時まで。ちょうど夕餉《ゆうげ》時の微妙《びみょう》な時間でもあり、鴎外にどう説明するか頭を悩《なや》ませていた芽衣だったが、結論が出るよりも先に、その日の鴎外は朝早く家を出てしまっていた。彼はここのところロシアだかドイツだかの要人との会合や接待で多忙《たぼう》らしく、幸か不幸か、帰りも遅《おそ》くなるとのことらしい。

春草は芽衣の帰宅時間など一ミリも興味がないのは言うまでもないことなので、今夜は少しばかり帰りが遅くなっても問題はなさそうだ。期待と好奇心《こうきしん》、それと若干《じゃっかん》の罪悪感を抱《いだ》きながら、芽衣は約束の時間よりも少し早めに会場へと向かったのだった。

「韻松亭って……ここ?」

俥《くるま》から降りた芽衣は、その光景に既視感《きしかん》を覚えてしばし佇《たたず》む。

不忍池のほとりにあるその料亭は、先日鴎外と訪《おとず》れた上野精養軒の真隣《となり》にあったのだった。

どちらの建物の前にも、前回と同じように馬車や人力車がずらりと並んでいる。

(まさかこんなセレブなお店に、立て続けに行くことになるとは……)

お金持ちが集まる会だと聞いていたから、多少の覚悟《かくご》はあったものの、やはり場違《ばちが》い感は否《いな》めない。なるべく目立たないように後ろの席に座ろうと思いながら店の門を目指していると、

「……ねんねんよ、おころりよ」

どこか幼さの残る、男の人の澄《す》んだ歌声が聞こえてきた。

うっすらと茜色《あかねいろ》を帯びてきた池の水面を、そよ風が駆け抜《ぬ》けていく。さざ波が立つとともに水の匂《にお》いが濃《こ》くなり、芽衣はなにげなく足を止めた。葉擦《はず》れの音にかき消されてしまいそうなその歌声が妙《みょう》に気になったからだ。

「ぼうやはよいこだ、ねんねしな……」

池のほとりに立つ、白い着物姿の青年。

神楽坂で見かけた時と服装は異なるが、芽衣は彼のことがすぐにわかった。肩《かた》に乗せられたそのウサギほどわかりやすい目印もないからだ。

「――泉、鏡花さん？」

静かに彼のもとへと近寄ると、歌声がぴたりと止《や》んだ。

こんにちは、とあたりさわりなく挨拶《あいさつ》をしようとするよりも早く、その猫《ねこ》のような大きな瞳《ひとみ》でじろりと睨《にら》まれる。

「あんた、誰？」

「ええと私は、つい先日、神楽坂の音奴さんと一緒《いっしょ》にいた綾月芽衣と申しまして……」

燃えないゴミの中に混じった生ゴミを見るかの如《ごと》く、鬱陶《うっとう》しそうな目。

春草からも同じような目で見られているので慣れっこといえば慣れっこなのだが、鏡花の場合はさらにまなざしが攻撃《こうげき》的だ。これ以上近づいたら引っ掻《か》かれかねない、剣呑《けんのん》な気配をビリビリと肌《はだ》が感じている。

「……音奴？　ああ、川上のことか」

「川上？」

試《ため》しに一歩踏《ふ》み出してみると、やはり案の定、鏡花は「誰がこっちに来ていいって言ったんだよっ」と鋭《するど》く言い放ってきた。

「僕はあんたのことなんか知らない。勝手に話しかけるなよ、馴《な》れ馴れしい」

「いまの、子守歌《こもりうた》ですか？　綺麗《きれい》な声ですね」

「って、人の話聞いてるのかよっ？」

鏡花は地団駄《じだんだ》を踏んで目を吊《つ》り上げた。

「あんたに構ってる暇《ひま》なんかない！　こっちは忙《いそが》しいんだ。いい？　絶対にそれ以上近づくなよ、僕は知らない奴に近づかれるのが大嫌《だいきら》いなんだからなっ」

「はあ……」

尋常《じんじょう》ではない反応に唖然《あぜん》としてしまうが、すげない態度はすでに春草で免疫《めんえき》ができている。むしろここまで邪険《じゃけん》にされると、逆に清々《すがすが》しくすら感じられるほどだった。


——ふみを読むのに、月の明りは、もどかしいな。


（ん？）

ふいに耳元で語りかけられたような気がして、芽衣は左を向いた。

鈴《すず》の鳴るような、清らかな女性の声だった。けれども周囲には誰もいない。気のせいかと思って鏡花を見ると、彼もまた神妙《しんみょう》な面持《おもも》ちで池の水面を凝視《ぎょうし》していた。

「いま、なにか聞こえませんでした？」

「え？」

芽衣の問いに、鏡花は硬《かた》い声で反応する。

「女の人の声が、聞こえたような気がしたんですけど……」

ちゃぽん、と魚の跳《は》ねる音。広がる波紋《はもん》。

鏡花の表情に緊張《きんちょう》が走ったのを見て、芽衣はなにげなく質問したことを後悔《こうかい》した。

理由はわからないが、あまり触《ふ》れてはいけないことだったんだ、と思う。ただの気のせいと
いうことにしておけばよかった。だが何食わぬ顔をして聞き流すには、あまりにもその声が鮮《せん》
明《めい》すぎて。

「あんた……」

今度は鏡花が、芽衣へと歩を進めた。

「──あんたも、『魂依《たまより》』なの？」

(あんた、も？)

二人はしばし無言のまま向かい合った。

鏡花の肩に乗る白ウサギが、耳をぴょこぴょこと揺《ゆ》らしている。

至近距離だと本物にもぬいぐるみにも見えない、不思議な生き物。これも物の怪《け》だと言うの
なら、物の怪に対する固定概念《がいねん》を根本から覆《くつがえ》されてしまいそうだ。

「ねえ、あんたにも視《み》えるのかよ？」

「……たぶん」

「たぶんって」

鏡花が少しムッとした様子で続けようとすると、料亭の方から芽衣の名を呼ぶ声が聞こえてきた。見れば、眉《まゆ》を吊《つ》り上げた音奴が芽衣に向かって手招きをしている。

もう約束の時間だ。芽衣は慌てて鏡花にぺこりと頭を下げた。

「ごめんなさい、もう行かないと」

「……あ、ちょっと！」

芽衣は後ろ髪《がみ》を引かれながらも、くるりと踵《きびす》を返して料亭の方向へと走り出す。鏡花とはもう少し話をしたかったけど、いまは音奴との約束が優先だ。

「おい芽衣！　遅いじゃねえかっ」

その美しい顔立ちと装いには似つかわしくない乱暴な声を上書きするかのように、音奴は頬《ほお》をぷっくりと膨《ふく》らませてみせる。

「もう、ずっと待ってたっていうのにさ。早くしないと宴《うたげ》が始まっちまうよ」

「ごめんなさい、いますぐお手伝いを！」

玄関《げんかん》に入って草履《ぞうり》を脱《ぬ》ぎ、腕《うで》をまくると、音奴はにっこりと表情を崩《くず》した。

「あーら、ずいぶんとやる気だねえ。じゃあさ、着替《きが》えはしなくていいから髪《かみ》だけまとめてきなよ。そしたらすぐ座敷《ざしき》に出て、お客のところに料理を運んでくれるかい？　今夜の客はかなりの大物だからね、ヘマをするんじゃないよ。わかったね？」

「はい、わかりました」

どうやらウエイトレスのような仕事を手伝うらしい。和装での接客業など、おそらく初めての経験だけに緊張してきた。果たしてうまくやれるだろうか。

「それと、盃《さかずき》の酒が減ったらすぐにお酌《しゃく》をするんだよ。酔《よ》いが回ればべたべた触《さわ》ってくる野郎《やろう》もいるだろうけど、うまいことかわすんだ。怒《おこ》るにしても、かわいく怒りゃあ向こうも喜ぶからさ。いいね？」

「？　は、はい」

頷《うなず》いてみたものの、あれ？　と芽衣は思う。ファミレスのバイトのような仕事内容を想像していたのだが、そこに酔っ払《ぱら》いの相手が加わるとなると事情が少々変わってくる。

戸《と》惑《まど》う芽衣の腕を、音奴はぎゅっと握《にぎ》りしめた。

「あんたなら大丈夫《だいじょうぶ》。うまくやれば玉の輿《こし》だよ。ほら、行った行った！」


会場となる座敷は、ざっと見て五十畳《じょう》ぐらいの広さだろうか。

フットサル程度なら余裕《よゆう》でできそうな広々とした畳部屋《たたみべや》には、ずらりとお膳《ぜん》が並び、スーツや軍服に身を包んだ男性たちが賑《にぎ》やかに酒を酌《く》み交《か》わしている。

金の屏風《びょうぶ》の前では、顔を真っ白に塗《ぬ》った艶《あで》やかな女性たちが和楽器の演奏を披露《ひろう》していた。

置屋でもたびたび見かける音奴の仲間たちだ。やがて屏風の裏から音奴がひらひらと現れ、扇《せん》子《す》を駆使《くし》して優雅《ゆうが》に舞《ま》う。——まさに「夜の蝶《ちょう》」のように、ひらひらと。

それからは戦場のような忙しさだった。お酒は出したそばからなくなっていき、厨房《ちゅうぼう》と座敷を何十往復したかわからない。加えて「冷や」だの「ぬる燗《かん》」だの「熱燗《あつかん》」だのとややこしいリクエストをされ、ろくに社会経験のない女子高生の頭の中は大パニックだった。

「ほ〜ら、がんばりなよ。あんた、音奴の秘蔵《ひぞ》っ子なんだろ？」

「新入りのうちは苦労が多いモンさ。もう少ししたら座敷も一段落つくから、お膳所でまかないを食べておいでよ」

朦朧《もうろう》とする意識の中、置屋の「お姐《ねえ》さん」たちが次々と激励《げきれい》の声をかけてくれる。自分から手伝いを名乗り出た以上はぶっ倒《たお》れるわけにもいかず、芽衣はどうにか笑顔《えがお》を維持《いじ》して接客に従事した。酔っ払いの相手はなかなか骨が折れるが、多少の失敗は気づかれにくいという新入りにはありがたい利点もあった。

「そこの半玉サン、ちょっとよろしいですか？」

ようやく座敷が落ち着いてきた頃《ころ》、ひとりの見目麗《みめうるわ》しい紳士《しんし》が芽衣に声をかけてきた。

ハンギョク？　と聞き返すと、眼鏡《めがね》をかけた外国人らしき彼は目尻《めじり》を下げて頷く。

「貴女《あなた》は半玉ではないのですか？　たしかゲイシャ見習いの娘《むすめ》サンのことをそう呼ぶと聞いたことがあるのですが」

「……ゲイシャ？」

「ああ……やはり日本女性は、素朴《そぼく》であるのが一番ですねえ。ゲイシャ文化も素晴《すば》らしいとは思いますが、私としてはやはり貴女のような素材重視の女性に目を奪《うば》われてしまいます。その小さな身体《からだ》といい、主張しすぎない顔立ちといい、控《ひか》えめな立ち居振《いふ》る舞いといい……ジャポニズムここに極《きわ》まれりと言うべきでしょう！」

彼は高らかに芽衣を賛美した。かなり酒が進んでいるようだ。

「どうもありがとうございます。日本語お上手ですね」

ところで、と芽衣は彼の隣《となり》に正座し、尋《たず》ねた。

「いま、芸者って言いました？」

「はい。なんでもあの音奴という方は、神楽坂のナンバーワンゲイシャらしいですねえ。今日お連れした殿下《でんか》もかなり気に入られたようです。もしかすると身請《みう》けしてロシアに連れ帰る気かもしれません。……まあ私としては、どちらかというと彼女よりも貴女のような娘サンをワイフに迎《むか》えたいと思うのですが」

すかさず手の甲《こう》にキスされた。そんな西洋式の挨拶《あいさつ》にもにわかに反応できないくらい、芽衣は芸者という単語に衝撃《しょうげき》を受けていたのだった。

(音奴さんが、神楽坂のナンバーワン芸者……)

冷静に考えれば、目の前で繰《く》り広げられている光景は芸者遊び以外の何物でもないのだ。背中まで塗った真っ白すぎる白粉《おしろい》といい、鮮《あざ》やかな紅といい、和楽器の演奏に合わせた一気呑《の》み対決といい、時代劇そのままの極彩色《ごくさいしき》の宴がそこにあった。

芸者なら芸者だと、なぜ音奴は言ってくれなかったのか。してやられたような気分になるが、彼女は別に嘘《うそ》をついていたわけではないのだ。置屋が芸を磨《みが》く女性たちの施設《しせつ》であることに間《ま》違《ちが》いはなく、座敷が「発表会」の場であることも極めて正しい。

(……というか、今日まで気づかなかった私が悪い。一体なにを見てきたんだろ)

己《おのれ》の間抜《まぬ》け加減に笑えてきた。きっと大人はこういう時にヤケ酒をしたくなるのだろう。

「おや、どうしましたか娘サン！　そんなやさぐれた顔をなさらないでください。では私がここでひとつ、興味深い話をして差し上げましょう。流行《りゅうこう》に敏感《びんかん》な女性なら誰《だれ》しもが興味を持つ、いまもっともホットなあの話題です」

芽衣はむくりと顔を上げた。流行に敏感な女性が食いつく話題ときたら聞き逃《のが》すわけにはいかない。ファッションの話だろうか、それとも新しくオープンした洋食屋の話だろうか。わく

わくしながら待っていると、

「娘サン。貴女は、伝説の生物ヤマタノオロチをご存じですか？」

「……はい？」

期待の斜《なな》め上をいく発言が飛び出した。

「実はすぐそこの不忍池に、ヤマタノオロチが棲《す》みついているという噂《うわさ》があるのですよ！　日本をこよなく愛す日本民俗《みんぞく》研究家としては、その生態を記録するべく日夜フィールドワークを行っているわけなのですが……ああ申《もう》し遅《おく》れました、実は私こういう者です」

ぽかんとしている芽衣を横目に、彼は得意げな顔つきでジャケットの内ポケットから革製《かわせい》の名刺《めいし》ケースを取り出す。差し出された名刺には「東京帝國《ていこく》大学文科大学英文科講師　ラフカディオ・ハーン」と書かれていた。

ラフカディオ・ハーン。どこかで聞いたことがあるような。

「ハーン、ヘルン、お好きなように呼んでくださってけっこうです。日本の友人の中には、日本名で『小泉八雲』と呼んでくださる方もいますが」

「……あっ！　知ってます！　小泉八雲さん！」

芽衣はぽんと膝《ひざ》を叩《たた》いた。

先日、鴎外との会話にも出てきた『怪談《かいだん》』の作者と、まさかこんな形で知り合えるとは思わなかった。

「なんと、私のことをご存知で？　おやおやおや、これは嬉《うれ》しいではありませんか！」

再び手の甲にキスされる寸前で、ひらりとかわした。

「八雲さん……本業は作家じゃなくて、大学の英文科講師なんですか？」

「いえ、私の本業は日本民俗研究です。まあ今日は、ロシアの皇太子がお忍《しの》びでゲイシャ遊びをするというので通訳を任されただけなのですけどね。……ふふっ、しかし見てください。殿下よりも取り巻きの方々の方が楽しんでいるようではありませんか」

シニカルな笑みを浮《う》かべながら、八雲は上座に座っている外国人たちを指し示した。彼の言うとおり、主賓《しゅひん》と思われる美青年が静かに舞《まい》を観賞している一方で、恰幅《かっぷく》のいい中年男性たちは芸者たちをはべらせて小さなハーレムを形成している。その粗暴《そぼう》な振《ふ》る舞いは、芽衣から見てもあまり上品な呑み方とは言えなかった。

（そういやいま、ロシアの皇太子ってさらりと言ったよね……）

皇太子。つまりプリンスだ。

ただでさえ現実味のない状況《じょうきょう》なのに、これ以上突飛《とっぴ》な要素は放り込んでほしくないと心から芽衣は思う。すでに許容範囲《はんい》を超過《ちょうか》して、自主的に思考を停止させている状態なのだ。

（あれ？）

そこで、はたと芽衣は気づく。

たしか鴎外も今夜は、ロシアの要人との接待があるという話ではなかったか――。

ロシアの皇太子といえば。

「ええと、なんの話をしていたのでしたっけ？　……ああそうです、ヤマタノオロチです！

諸説ありますが水を司《つかさど》る竜神《りゅうじん》とされ、怒《いか》りに荒《あら》ぶると大洪水《こうずい》を引き起こし」

なんだか、嫌《いや》な予感がする。

「竜神の怒りを収めるために、かつてはひとりの乙女《おとめ》を生け贄《にえ》に捧《ささ》げていたと古い文献《ぶんけん》にはあり、噂が真実だとすれば不忍池にも同様の現象が……」

胸の奥がざわめいた。深く息を吸って呼吸を整えようとしたその時、桜の絵が絢爛《けんらん》に描《えが》かれた襖《ふすま》ががらりと開かれる。

息が、止まるかと思った。


「森陸軍一等軍医正、ただいま到着《とうちゃく》いたしました」

仄暗《ほのぐら》い行燈《あんどん》のあかりが、白い軍服を彩《いろど》る肩章《けんしょう》を柔《やわ》らかな金色に光らせる。

上座を向き、坐《ざ》した姿勢で辞儀《じぎ》する男は、その端整《たんせい》な面《おもて》をゆるやかに上げた。

柔和《にゅうわ》なまなざしの中に輝《かがや》く凜然《りんぜん》とした瞳《ひとみ》が、広々とした座敷《ざしき》をぐるりと見渡《みわた》し——やがて一点に留まる。

隠《かく》れる暇《ひま》も余裕《よゆう》もなかった。

ふいに目の前に現れた鴎外の視線が、芽衣を射貫《いぬ》く。幻痛《げんつう》すら覚えるようだった。叶《かな》うことならいますぐ逃《に》げ出したいのに、展翅《てんし》板に蝶《ちょう》を留める針さながらに穿《うが》たれたまま動けない。

(どうして、鴎外さんがここに……)

芽衣はたまらず目を逸《そ》らしてうつむく。異変を感じたらしい八雲が顔を覗《のぞ》き込んできた。

「娘《むすめ》サンっ？　気分でも悪いのですか？」

なにか答えなければと思うのだが、うまい返事が浮かばない。

「ああ、やはり顔色が悪い……いますぐお水を持ってきます！」

八雲は俊敏《しゅんびん》な動きで座敷を出て行ってしまう。その後を追おうと顔を上げると、

「そう、顔上げてなよ。あんたのかわいい顔、客に見せずに誰に見せるって言うのさ」

耳元で囁《ささや》いたのは、音奴だった。

芽衣は我に返って居住まいを正す。いまは客の前だった。どんな理由であれ仕事中なのだからうつむいてはならない。常に微笑《ほほえ》みを忘れないのも令嬢《れいじょう》の必須《ひっす》条件だと習ったはずだ。

「あ～らぁ、森さん！　お久しぶりだねェ。まさか会えると思ってなかったから嬉しいよ」

音奴は見事な営業用の笑顔《えがお》を作り、やって来る鴎外を迎えた。

「しっかし宴《えん》もたけなわだって言うのに、今夜はずいぶんと遅《おそ》い登場じゃないか。主賓はすっかり出来上がっちまってるよ？」

「そちらの半玉は、新入りかい？」

ぎくりとした。

鴎外は腕《うで》を組んで音奴に向き合い、質問に対して質問で返す。その声はあくまでも穏《おだ》やかだ。

「あはは、目ざといねえ。でもこの子は半玉じゃなくてただの手伝いだよ。今夜は人手が足りないから、アタシが無理言って出てきてもらってるんだ」

「音奴さん、それは」

それは違《ちが》う。無理を言って座敷に呼んでもらったのは芽衣の方だった。けれど彼女は芽衣の横入りを遮《さえぎ》るように、

「なにせ花街の仕事は初めてなモンだから、失敗しても大目に見てやっておくれよ。この子、なかなかの苦労人でさ。家族と離《はな》れて寂《さび》しい思いをしてるだろうに、ひたむきにがんばってるんだ。ぽやんとして見えるけどいい子なんだよ」

そう言って、軽《かろ》やかに笑った。

芸者たちの笑い声や三味線《しゃみせん》の音色が喧噪《けんそう》を作る中、彼女の言葉がまっすぐに芽衣へと届いて

くる。すると鴎外は音奴に同調するように微笑した。

「たしかに彼女はいいお嬢《じょう》さんだ」

「だろ？　さすがは陸軍一等軍医殿《どの》、お目が高いじゃないか」

「ところでこの子に、適性はあったのかい？　君はそれを見極《みきわ》めるために、彼女を座敷に上げたのだろう？」

え？　と芽衣は音奴を見上げた。

鴎外の指摘《してき》に、彼女は笑みを浮かべたまま口元を引き結ぶ。

「ゆくゆくは半玉として手元に置く予定なのだろうか。ぜひとも見解を聞かせてくれたまえ。川上音奴殿」

名字付きで呼ばれた音奴は、少し驚《おどろ》いた様子で枝垂れまつげをしばたたかせた。それから髪《かみ》を背に払《はら》い、ふうと息を吐《つ》く。

「なんだ、どっちもお見通しかよ。あんた意外と食えねえ奴だな」

音奴は突然《とつぜん》開き直ったように言い放った。

「あんたの言うとおり、俺はこいつを引き受けてもいいと思ってんだ。いまはまだ世間知らずなただのお嬢だが、やる気は人一倍みてえだからよ、きっちり仕込めばいい芸者になるんじゃねえかって、俺は思うんだけどさ」

――俺？

がらりと変わった口調に芽衣は動揺《どうよう》を隠せない。あまりの人格の変わりようにはらはらしながら周囲を見回すが、すっかり酩酊《めいてい》した人々は音奴の異変に気を留めていないようだ。

「それにさ、森さんみてえな立派な家に、いつまでもワケアリな娘を置いとくわけにはいかねえだろ？　だったらこいつを俺に預けて、神楽坂で一番指名を取れる芸者に……」

「ふむ、指名か」

それまで黙《だま》っていた鴎外は、名案だとばかりに顔を上げた。そして芽衣の腕を摑《つか》むと、強引《ごういん》に立ち上がらせる。

「わっ⁉　鴎外さ……」

「では今夜は、僕が彼女を指名しよう。一晩貸し切りだ」

そう言うなり、彼は堂々とした風情《ふぜい》であっけにとられている芽衣を連れ、座敷を横切っていく。音奴は虚《きょ》を衝《つ》かれたようにしばらく佇《たたず》んでいたが、我に返ったのか「ちょっと待て！」と声をあげた。

「勝手なことすんじゃねえ、あんたその子をどこに連れてくつもりだっ？」

「夜は長い。ご想像にお任せしようではないか」

「なっ……！」

音奴はすぐに後を追いかけようとするが、ちょうど通りかかった八雲とぶつかってしまう。その拍子《ひょうし》に八雲の眼鏡《めがね》がはじき飛ばされる。

「あっ、悪ぃ……じゃなかった、ごめんね旦那《だんな》、大丈夫《だいじょうぶ》だったかい？」

「た、大変です、私の眼鏡が！　これは緊急《きんきゅう》事態です、そこの娘サン、私の眼鏡の行方《ゆくえ》をご存知ありませんか？　ああ、ついでにヤマタノオロチについての情報も募集中《ぼしゅうちゅう》なのですが」

「はあっ？　ヤマタさんなんて知り合いはいないよ！　ほら、眼鏡ならここにあるだろ？」

「なんと、ヤマタノオロチをご存知でない！　では教えて差し上げましょう、遡《さかのぼ》ること日本神話の時代……」

「だからヤマタさんなんざ知らねえんだって！」

だんだんと喧噪が遠ざかる。鴎外は一度も振《ふ》り返らずに座敷を後にした。芽衣の腕を強く掴んだまま、鹿鳴館のあの夜と同じように。

不忍池の水面に、歪《いびつ》に欠けた月が揺《ゆ》らめいている。

足元を照らすには光量が弱く、芽衣は鴎外の歩調に合わせるのが精いっぱいだ。湿《しめ》った地面に何度も草履《ぞうり》を取られそうになりながらも、必死に彼の後を追う。

「鴎外さん、待ってください」

息を切らせながらその背中に声をかけると、鴎外は歩調をゆるめ、やがて立ち止まる。

振り返った彼のまなざしは、どこか思案げに見えた。いつもの悠然《ゆうぜん》とした様子はなく、さりとて怒《いか》りにかられている気配もない。強《し》いて言うならば難問に挑《いど》む数学者の如《ごと》き面差《おもざ》しだ。

「ああ、すまない」

てっきり怒《おこ》られるかと思っていたのに、鴎外はさらりと謝ってから芽衣を放した。

そして無言のまま腕を組み、池のほとりの松の木に寄りかかる。銀色に輝《かがや》く水面が、その物《もの》憂《う》げな瞳《ひとみ》に映り込んでいる。

「あの、鴎外さん。今日のこと内緒《ないしょ》にしててすみませ……」

「僕には、いまひとつよくわからないのだよ」

鴎外は細く息を吐き、眉宇《びう》を寄せた。

「職業に貴賤《きせん》はないが、置屋に属する大半はなにかしらの問題を抱《かか》えたご婦人方だ。身寄りがなく行き場のない女性もいれば、親の借金を肩代《かたが》わりする女性もいる。無論、高い志を持って自ら芸の道を進む者も中にはいるだろうが……」

そこで言葉を切り、鴎外は芽衣を見つめた。

「おまえにはいまのところ、雨露《あめつゆ》をしのげる屋根がある。王族のような暮らしとはいかないが少なくとも赤貧にあえぐ不安もないはずだ。それなのになぜ置屋に出入りする必要性があるのだろう？　実は莫大《ばくだい》な借金でも背負っているのかい？」

責めるでもなく嘆《なげ》くでもなく、鴎外は単純な疑問として尋《たず》ねているようだった。

芽衣は間髪《かんはつ》容れずに首を振る。ただ、どう返事をしていいのかわからない。

「正直に言ってくれてよかったのだよ。それとも僕が、おまえにとって相談するに足る人間ではないのなら致《いた》し方ないが」

「違うんです、そうじゃなくて」

一歩踏《ふ》み出し、芽衣は懸命《けんめい》に言葉を繋《つな》ごうとした。

「私、銀座の煉瓦《れんが》通りで初めて音奴さんに会って、すごく綺麗《きれい》な人だなって思ったんです。それで、この人みたいになれたらいいなって思って……」

「彼女のような芸者になろう、と？」

「あ、いえ……芸者っていうのは後から知ったんですけど」

鴎外は腑《ふ》に落ちない様子で小首を傾《かし》げる。ここまで彼が悩《なや》ましげな顔をしてみせるのは初めてのことかもしれなかった。

「置屋が芸者を抱える施設《しせつ》だと知らずに出入りしていたのかい。……まあそれはいいが、金銭絡《がら》みの問題でもないのなら、なおさら秘密にしておく理由もないと思うのだが。それとも川上くんに口止めでもされていたとか？」

川上くん、とは音奴のことだろうか？　たしか鴎外だけでなく鏡花も「川上」と呼んでいたような記憶《きおく》がある。

「ふむ、なるほどそういうことか。奴もなかなかの食わせ者だなあ」

「いえっ、秘密にしていたのは自主的になんです。なんていうかつまり……フィアンセ代理として令嬢修業《れいじょうしゅぎょう》を受けていたんですけど、それをわざわざ鴎外さんに打ち明けるのも恥《は》ずかしいというか重いというか」

「――令嬢修業？」

鴎外は身を乗り出した。これもまた初めて見る、理解不能といった表情だった。

（ああ、やっぱり言わなきゃよかった）

やることなすこと裏目に出ているような気がする。芸者を抱える置屋で令嬢修業というのも傍目《はため》からすればおかしな話なのだ。現代ではあまり馴染《なじ》みのない施設だから、知らなくても仕方ないという言い訳はこの時代の人には通用しない。

鴎外の目に映る自分は、ただの非常識ではた迷惑《めいわく》な娘《むすめ》。

料亭《りょうてい》の方角から「ヨイヤサ、ヨイヤサ」と賑《にぎ》やかなお座敷《ざしき》遊びのかけ声が漏《も》れ聞こえる。

ふいに冷たい風が足元を駆《か》け抜《ぬ》け、ひどく寒気がして芽衣は身を縮こまらせた。まるで足元が水に浸食《しんしょく》されているかのようだ。

「そうか。要するにおまえは」

鴎外は眉間《みけん》を人差し指で押さえながら言った。

「僕のフィアンセという立場に重責を感じ、追い詰《つ》められたのちに、令嬢たる気風と作法を身につけるべく研鑽《けんさん》を積む場を探し当てたというわけか。なるほどようやく合点《がてん》がいった」

「べ、別に追い詰められていたわけでは」

ないわけではなかった。プレッシャーを感じていたのは事実で、神楽坂の置屋は芽衣にとって修業の場でもあると同時に、友人と過ごせる息抜《いきぬ》きの場でもあったのだ。

「いや、そこまで考えが及《およ》ばなかったのは明らかに僕の落ち度だ」

鴎外はまつげを伏《ふ》せ、断定的に言う。

「僕はおまえに、あの屋敷《やしき》でフィアンセとして気兼《きが》ねなく過ごしてほしいと考えたのだ。だがその判断が、おまえに重圧を与《あた》える結果となってしまったのなら悪いことをしたと思う」

「あ、謝らないでください、私が勝手にやったことなんです」

「勝手ではないよ。なにかを学び、己《おのれ》を高めようとする自発的な行動は尊いものだ。――しかし」

鴎外は一歩前に出て、芽衣の頬《ほお》に手を伸《の》ばした。

「あの屋敷にいるのは、つらいかい？」

白い手袋越《てぶくろご》しに彼の体温が伝わる。慈《いつく》しむような優《やさ》しい感触《かんしょく》に胸が詰まった。

「鴎外さん……」

「つらいのなら、他《ほか》の方法を考えることにしよう。いますぐにとはいかないが……おまえにとって最善の身の振り方を考える。だから安心していい。悪いようにはしないと約束するよ」

芽衣は小さく首を振った。鴎外にそこまで言わせてしまった自分が不甲斐《ふがい》なくて仕方なかった。いくつもの肩書《かたが》きを持つ社会的地位のある彼が、こんなところで自分に構っている暇《ひま》などないだろうに、足止めのような真似《まね》をしていることが心苦しくてならない。

（ごめんなさい、鴎外さん）

同時に、鴎外という人の誠実さが胸を打った。行きがかりで縁《えん》があっただけの相手に、なぜここまで真摯《しんし》に向き合えるのか。そう在《あ》ろうとする姿勢を支えるものはなにか。

そばにいれば、いつかはわかるのかな、と芽衣は思う。

なにもかもが完《かん》ぺきに等しく、だからこそ近くて遠い位置にいる彼。でもそんな彼がいま、芽衣を理解しようと心を添《そ》わせてくれた。

それなら自分も、踏み出して少しでも近づければと思う。わずかな光量を頼《たよ》りに、仄暗《ほのぐら》い水底に沈《しず》む綺麗な石を探すように、目をこらせば見えてくるものがあるのだろうか。その深淵《しんえん》にまで手は届かなくても。

「あのお屋敷に、いさせてください。もしお邪魔《じゃま》じゃなければ」

芽衣は鴎外を見上げ、言った。

「鹿鳴館で鴎外さんに助けてもらって、家にまで置いてもらえて嬉《うれ》しかったんです。いまでもずっと感謝していて、この恩をどう返していいのか……まだなにも思いつかないけど」

鴎外は、しばし無言のままでいた。やがて短く息をつく。

「そうかい。僕はてっきり、おまえが置屋に行きたいと言い出すのかと思っていたが」

「えっ、やっぱり、行った方がいいんでしょうか？」

「――いや」

彼はかぶりを振《ふ》り、芽衣を静かに抱《だ》き寄せた。夜風から守るように柔《やわ》らかく、両腕《りょううで》が芽衣の背中に回る。触《ふ》れられた部分から熱が広がっていく。

「ここにいなさい。好きなだけいればいい。一年でも十年でも」

耳朶《じだ》をかすめる声が、鼓膜《こまく》に甘く響《ひび》いた。胸の奥がきゅっと苦しくなる。

「い、いえ、さすがにそういうわけには……」

「まあどのみち、おまえが置屋に行きたがっても賛成する気はなかったのだよ。たまに出入りする分には構わないが、川上くんに大切なフィアンセは預けられないからね」

「………」

川上くん。どうしてもその響きに違和《いわかん》感を覚えてしまう。

芽衣は鴎外の胸から顔を離《はな》し、顎《あご》を上げる。

「鴎外さん、音奴さんのことよく知ってるんですか？」

「よく知っているわけではないが、彼の噂《うわさ》はなにかと耳にする機会が多い。良くも悪くも話題に事欠かない人物だ。つまり役者として華《はな》があるということなのだろう」

──彼？　役者？

「しかしあそこまで見事に化けたら、特に酔客《すいきゃく》は気づかないだろうなあ。僕はあまり酒をやらないから、幸か不幸か化かされなかったが……」

頭の中がぐるぐると攪拌《かくはん》される。やがて違和感の正体が少しずつ浮《う》き彫《ぼ》りになってくる。

いや、これまでにもなんとなく気配は察していたのだ。明治時代の女性にしては高身長すぎるし、声はハスキーだし、たまにびっくりするくらい口調が荒《あら》くなることもあった。だがそれらをひっくるめて差し引いても余りあるくらい、本当に彼女は美しかったから……。

「ところでおまえはいつ、彼女が男だと気づいたんだい？」

「………いま、です」

周囲が突然騒《とつぜんさわ》がしくなったのは、その時だった。

明らかに酔客だと思われる男の声が夜気を乱す。

料亭から出てきたのはロシアの皇太子の取り巻きたちだった。酔《よ》いが回って外の空気を吸いにきたらしく、意味不明な言葉を叫《さけ》んだり、嫌《いや》がる芸者を担《かつ》いだりと、地位の高い大人らしからぬ正視に耐《た》えない醜態《しゅうたい》をさらしている。

「……やれやれ。彼らはどうやら、ウォッカよりも日本酒の方が気に入ったらしい」

鴎外は嘆息《たんそく》を漏らしつつ、芽衣を松の木陰《こかげ》に移動させた。彼らの視界に入らないようにとの配慮《はいりょ》なのだろう。

「私、止めてきます。お姐《ねえ》さんたちがかわいそう」

「やめておきなさい」

鴎外は即座《そくざ》に言った。有無《うむ》を言わさぬ、真面目《まじめ》な口調だった。

「ごらん。警察が警備にかり出されている。下手《へた》なことをすれば官吏抗拒《かんりこうきょ》罪で即拘引《そくこういん》だ。それで済めばまだいいが、場合によっては真っ二つに斬《き》られてしまうよ」

「ま……まさか」

「嘘《うそ》だと思うかい？」

鴎外は不忍池の方向を見やった。闇夜《やみよ》にまぎれるようにして警官服を着た男たちが等間隔《とうかんかく》に配置されている。冷たい夜霧《よぎり》と物々しい雰囲気《ふんいき》に背筋が寒くなった。

じゃぼっ、じゃぼっ、と水を蹴《け》るような音が聞こえる。ロシアの男たちが芸者を担いだまま池の中へと入っていったのだ。悲鳴と笑い声が響き渡《わた》り、芽衣は思わず耳をふさいだ。

（なに、これ……）

なぜか寒気が止まらない。水音が激しくなればなるほどに、足元を漂《ただよ》う冷気が濃《こ》くなるのを感じている。

「芽衣？」

小刻みに震《ふる》える芽衣の顔を、鴎外が覗《のぞ》き込んだ。

「芽衣、どうした。寒いのかい？」

「は、はい。でも……」

それだけではない。ただ無性《むしょう》に嫌な予感がするのだ。この濃く香《かお》る水の匂《にお》いと、身体《からだ》にまとわりつく湿気《しっけ》と、青くゆらめく池の水面が不安をかき立てる。

ふいにぐらりと地面が傾《かし》いだ気がした。空気の重さが変わる感覚。これまでも何度か味わったことがある。あれはたしか――日比谷公園で首の長い女を視《み》た時。部屋で白いドレスの少女を視た時。夢と現《うつつ》が入り交じるあの曖昧《あいまい》な瞬間《しゅんかん》に、決まってこの感覚がやって来る。

「――駄目《だめ》だ、入ってくるなっ！」

闇《やみ》を切り裂《さ》くように叫んだのは、泉鏡花だった。

「いますぐ出ろ！　早くしろったら！　せっかく寝《ね》かしつけたのに……っ！」

池のほとりに立つ彼は、池に身を乗り出すようにして男たちへと甲高《かんだか》い声を放つ。その尋常《じんじょう》ではない焦燥《しょうそう》ぶりに男たちも一瞬《いっしゅん》静まるが、再び煽《あお》るように騒《さわ》ぎ始めた。水浸《みずびた》しになった芸者たちが「やめて」と声をあげ、警察官たちが鏡花を取り囲もうとした——その刹那《せつな》。

池の水面に、大きな波が立つ。

月光を受けた波が銀色に輝《かがや》き、しぶきが空へと昇《のぼ》る。荒々《あらあら》しい竜巻《たつまき》と化したそれはやがて青い鱗《うろこ》をまとい、大蛇《だいじゃ》のような身をしならせて宙をたゆたう。

月を覆《おお》い、青白く発光する大蛇——いや、竜《りゅう》だ。全身の鱗を鋭利《えいり》に光らせる竜は口腔《こうこう》を大きく開き、水の粒子《りゅうし》を吐いた。雷鳴《らいめい》を帯びた水煙《みずけむり》は突風《とっぷう》の如《ごと》く勢いを増し、池に入り込んだ男たちをなぎ倒《たお》していく。

池の周辺に、一気に緊張《きんちょう》が走《はし》った。

芽衣は震える身体を抱きしめた。目の前で繰《く》り広げられている現実に心が追いつかない。

それでも一歩、また一歩と前に踏《ふ》み出す。心が思うよりも先に足が動いている。

（——止めなくちゃ）

本能がそう告げていた。止め方なんてわからないけど、ただ木陰に身を寄せていることなどできなかった。

「芽衣、どこへ行く」

歩き出す芽衣の腕《うで》を、すかさず鴎外が摑《つか》む。

「早く、あの竜を止めなきゃ……」

「……竜？　なにを言っている？」

鴎外は眉《まゆ》を寄せ、目をしばたたかせる。

（ああ……鴎外さんには視えないんだ）

あれはそういうものだと、芽衣はようやく理解した。「朧《おぼろ》ノ刻《とき》」に現れる、人ならざるモノ。それは誰《だれ》の目にも視えるものでもない。いま宙を舞《ま》うあの竜を目視できるのは、自分と、そして鏡花と……。

「――竜神《りゅうじん》を気取るつもりか。この化け物が」

群青《ぐんじょう》の闇に白刃《はくじん》がひらめく。

優美な曲線を描《えが》く得物を構え、その男――藤田五郎は竜の舞う方向をねめつけた。

硬質《こうしつ》なまなざしは明らかな殺気を帯び、まばたきもせずに一太刀《ひとたち》の瞬間を狙《ねら》い定めている。

青い炎《ほのお》にも似た気を放つサーベルの切っ先は、獲物《えもの》を前に舌なめずりでもしたかのように濡《ぬ》れ輝いていた。

（駄目……！）

身体の奥底からこみ上げてくる危機感。

(斬っちゃ駄目。消さないで……!)

あの竜を消してはならないと、芽衣の心が叫ぶ。

いまはきっと、眠《ねむ》りを妨《さまた》げられて気が立っているだけなのだ。彼らが池から出ればすぐに怒《いか》りは鎮《しず》まり、もとの安寧《あんねい》が戻《もど》るはず。

「芽衣っ!」

だから消さないでと、芽衣は走る。

ぬかるんだ地面をひたすらに走る。草履《ぞうり》が脱《ぬ》げても構わずに、いまにも竜に斬りかからんとしている藤田を目指して芽衣は疾走《しっそう》した。ほかの警官たちは鏡花に気を取られていて、突然《とつぜん》現れた芽衣には誰も注意を向けていなかった。

「やめて、斬らないでっ!」

「――――っ!?」

芽衣はサーベルを振《ふ》りかぶる藤田の左腕《ひだりうで》に飛びかかる。その反動で、完全に不意を衝《つ》かれた彼の腕から得物が滑《すべ》り落ち、地面のぬかるみにべちゃりと音を立てて沈《しず》み込んだ。

「なんだ貴様ッ?」

右手に痛みが走る。一瞬のうちに腕をひねり上げられていた。腕力《わんりょく》でかなうはずもなく、身動きが取れなくなった芽衣は短い呼吸を繰り返した。

革靴《かわぐつ》を履《は》いた男たちがざくざくと近づいてくる。その音で、芽衣は自分のしでかしたことの重みをゆるやかに実感し始めていた。額から流れる汗《あせ》がみるみると冷えていく。

（私、なにを……）

寄せては引く波の音。始終まとわりついていた足元の冷気はいつのまにか払《はら》われ、月明かりを映した水面は凪《な》いでいる。竜の姿はそこにはなく、池の中で尻餅《しりもち》をついた男たちが狐《きつね》につまれた表情で周囲を見回していた。

一瞬のうちに駆《か》け抜《ぬ》けた、短い夢のような出来事だった。

ただ芽衣の腕を拘束《こうそく》する痛みは現実で、警察官に包囲された鏡花が、唇《くちびる》を強く噛《か》みしめたまこちらを見つめている。泣いているようにも怒《おこ》っているようにも見えるあやふやな面持《おもも》ちだ。

「おい娘《むすめ》。なぜ俺を止めた」

藤田は鋭《するど》い双眼《そうがん》で芽衣を見下ろした。一切《いっさい》の言い訳は許されない、冷然とした顔付きに膝《ひざ》が震える。鹿鳴館で尋問《じんもん》された時の記憶《きおく》も相まって、芽衣はすっかり縮み上がっていた。

「なぜ俺を止めたと聞いている」

「っ……、それは」

「まさか──『魂依《たまより》』か？」

藤田はそう言うと、ひねり上げた芽衣の腕を解放した。だがすぐに、逆側の腕を掴む。

「言え。なにを視た」

「わ……わかりません」

「言えんのなら斬る。斬られたくなければ言え」

そうは言うが、どちらを選んでも斬られてしまうような気がして芽衣は口をつぐんだ。すると藤田は足元のサーベルを拾い上げ、

「娘……覚悟《かくご》はできているのだろうな」

「っ！」

泥《どろ》まみれの刃《やいば》が鈍《にぶ》い輝きを放つ。芽衣が息を呑《の》んだその時、背後からぐいと右手を引かれた。

「こらこら、駄目だよ子リス。僕から逃《に》げ出すなんて」

鴎外だった。

彼は芽衣の後ろ手を掴んだまま、にっこりと上品な笑《え》みを浮《う》かべる。

なんとも場違《ばちが》いな笑顔に、藤田はますます顔を険しくさせて芽衣の左腕を引っ張ってきた。

「森陸軍一等軍医殿《どの》。ここはお引き取り願おう。この娘はいまから官吏《かんり》抗拒《こうきょ》罪で逮捕《たいほ》する、俺の獲物だ」

「貴方《あなた》こそ退いてはもらえないだろうか。彼女は僕が先に捕《つか》まえた子リスだ」

「――子リス？」

「同じ齧歯類《げっしるい》だが、密偵《ネズミ》と呼ぶよりは子リスの方がかわいいだろう？」

そう言って鴎外は、背後から芽衣の喉《のど》を軽く押さえつけた。

（鴎外さん……？）

疑問に思う芽衣の耳元に、鴎外はそっと唇を寄せた。「捕まえた。もう逃げられないよ」と、まるでダンスに誘《さそ》う紳士《しんし》のような声で囁《ささや》いて。

「なんなんだ、その娘は」

「だから密偵《ネズミ》だよ。そう――敵国に情報を売る許しがたい間諜《かんちょう》だ。しばらく僕の監視下に置きつつ、泳がせていたのだよ」

「なに……？」

「彼女は警察《きみ》には渡さない。現時刻をもって、彼女は陸軍省の管轄《かんかつ》下に置かれるからそのつもりでいてくれたまえ」

鴎外は藤田の問いに飄々《ひょうひょう》とそう答え、背中に回った芽衣の手を、強く握《にぎ》りしめた。

あとがき

角川ビーンズ文庫様ではお初にお目にかかります、魚住《うおずみ》ユキコと申します。

株式会社ドワンゴ様より配信中の恋愛《れんあい》音声ドラマゲーム「明治《めいじ》東京恋伽《とうきょうれんか》」、通称《つうしょう》「めいこい」がなんと小説化！　ということで、僭越《せんえつ》ながらシナリオ担当のわたしが、小説版も執筆《しっぴつ》させていただくことになりました。まさかまさかの事態に、一冊目の原稿《げんこう》を書き終わったいまでも信じられない気持ちでいっぱいです。本当にいいんでしょうか。ここ数ヶ月くらい緊張《きんちょう》でヘンな汗《あせ》が止まらないんですけど、気をしっかり持って次巻もがんばりたいと思います。

……そうなんです！　実はこのお話、次の巻に続いたりするのです！

明治時代を彩《いろど》った殿方《とのがた》たちと織りなすこの物語、どうか、できればいま少し、おつき合いいただけますと幸いでございます。

さて本書の元となるゲームは、「明治時代の偉人《いじん》たちとのラブストーリー」をテーマに企画《きかく》されました。お相手となる方々が近代の著名人ということもあり、どこまでいじっていいものか悩《なや》んだりもしつつ、最終的には思いっきりデフォルメする方向でキャラメイクさせていただきました。フィクションとはいえ容赦《ようしゃ》なくいじりまくってしまったので、ゲーム配信当時は密《ひそ》かにビクビクしていたのですが（いまでもですが）、思いのほか多くのユーザー様に受け入れていただき、ラジオやドラマCD、イベント、そして今回の小説版などさまざまな媒体《ばいたい》にて「めいこいワールド」を発信できることを心から嬉《うれ》しく思っている今日この頃《ごろ》です。

もし本書をきっかけに、明治時代や明治文学などに興味を持っていただけたら……そしてゲーム版「めいこい」をプレイしてみようかなと思っていただけたなら、制作スタッフのひとりとしてこれ以上の喜びはございません。本書とはまた違《ちが》った、七つのラブストーリーをご用意してお待ちしておりますので、ぜひぜひ、アクセスしてみてください！

この『明治東京恋伽　紅月夜《べにつきよ》の婚約者』（ちなみによく見ると『京』ではなく『亰』なのです）を上梓《じょうし》するにあたり、ここでは書ききれないほど多くの方々にお世話になりました。

担当様、力強く的確なアドバイスに何度も助けられました。かる様、素敵《すてき》なイラスト本当に感謝です。そして泣いたり笑ったりの日々を共に過ごしたドワンゴのスタッフの皆様《みなさま》、あらためて、「めいこい」に関《かか》わることができて幸せだなあと思っています。ありがとうございました。

読者の皆様、次巻でお会いできることを楽しみにしています。明治時代より愛を込《こ》めて。

魚住ユキコ

明治東京恋伽
キャラクタァ・ファイル

俺は君になんか興味ないし
Syunso Hishida
菱田春草
誕生日◆9月21日
身　長◆170cm
職　業◆日本画家見習い
趣　味◆散歩
のちに近代日本画の礎を築く画学生。普段は冷静沈着、寡黙な性格だが、描きたい対象を見つけると、態度が豹変…⁉尊敬する鷗外だけに心を許している。

二人きりでゆっくりとお仕置きを
してやろうではないか
Ougai Mori
森鷗外
誕生日◆2月17日
身　長◆176cm
職　業◆小説家・医者・官僚
趣　味◆ガーデニング
軍医を務め、文豪としても後世に名を残す。自信家だが、時代の最先端をいき過ぎて、"奇行"といえる大胆な行動に走りがち。春草の才能に目をかけている。

謝ればなんでも許されると
思ってるんじゃないの?
Kyoka Izumi
泉鏡花
誕生日◆11月4日
身　長◆171cm
職　業◆書生
趣　味◆うさぎちゃんグッズ集め
戯曲家を目指し上京した書生。潔癖で、言葉はキツイ。そんな彼と不釣り合いなうさぎには、隠された秘密が!?　音二郎の役者としての資質を高く評価している。

Otojiro Kawakami

川上音二郎

誕生日◆2月8日
身　長◆177cm
職　業◆役者
趣　味◆演劇

劇団主宰の青年。人当たりと面倒見がよく、美の追求に余念がない。ときに強引な、オレ様気質。戯曲の才能を認めた鏡花を、無二の親友として慕う。

まだ遊び足りない、
という顔をして
いらっしゃいますね
最初から
帰すつもりはない

Goro Fujita

藤田五郎

誕生日◆2月18日
身　長◆183cm
職　業◆警察官
趣　味◆??

幕末にその名を轟かせた剣客。元新選組隊士の警察官で、物の怪を監視する「妖邏課」に所属する。気が短く、外国出身の小泉をうさん臭く思い、警戒している。

Yakumo Koizumi

小泉八雲

誕生日◆6月27日
身　長◆185cm
職　業◆東京帝國大学講師
趣　味◆海水浴

古き良き日本をこよなく愛し、日本の「物の怪」の研究に勤しむ外国人。普段は英文科講師として帝國大学の教壇に立つ。明るい性格だが、実は腹黒い一面も……?

and Coming Soon!
明治時代に飛ばされた
女子高生、綾月《あやづき》芽《め》衣《い》。
彼女の恋と運命の行方は——!?
「明治東京恋伽」第2巻
2012年初冬発売予定!!

「明治東京恋伽　紅月夜の婚約者」の感想をお寄せください。
おたよりのあて先
〒102-8078　東京都千代田区富士見2-13-3
角川書店ビーンズ文庫編集部気付
「魚住ユキコ」先生・「かる」先生
また、編集部へのご意見ご希望は、同じ住所で「ビーンズ文庫編集部」
までお寄せください。

明治《めいじ》東京《とうきよう》恋伽《れんか》　紅月夜《べにつきよ》の婚約者《こんやくしや》

魚住《うおずみ》ユキコ　監修・原案／ドワンゴ

角川ビーンズ文庫　BB86-1　17483

平成24年7月1日　初版発行

発行者————井上伸一郎
発行所————株式会社角川書店
東京都千代田区富士見2-13-3
電話/編集(03)3238-8506
〒102-8078
発売元————株式会社角川グループパブリッシング
東京都千代田区富士見2-13-3
電話/営業(03)3238-8521
〒102-8177
http://www.kadokawa.co.jp
印刷所————暁印刷　製本所————BBC
装幀者————micro fish

ISBN978-4-04-100369-5 C0193 定価はカバーに明記してあります。